年をとったおかげです

70歳は70点！　80歳は80点！

中山庸子

さくら舎

はじめに
――今さらだけど愛

「ふぅ、ホントに70年を生きてきたわけね、おつかれー」

「おかげさまで70歳までたどりつけたんだから、よしとしなくちゃね」

誕生日の朝5時半に目覚めた自分に（実際に呟《つぶや》いたかどうかは定かじゃないけれど）こんなふうに話しかけたような気がします。

実は、69歳11ヵ月のときに2泊3日で「小腸の潰瘍《かいよう》および周辺の検査」のため入院して、診断結果が誕生日の翌日にわかるという、なかなかハードでシビアな日程になりました。

そういう流れだったので、70歳になった当日は「ひっそり」というか「いつもと変わらず」というか、まあ気持ちはとても平常心とはいえなかったけれど、行動はあえて通常運転としました。

一応「古稀《こき》」だけど、今の時代は全然「まれ」じゃないし、仰々《ぎょうぎょう》しいのは照れくさいし、紫色のものも似合うとは思えない。

というわけで、勝手に自粛気味の誕生日を過ごした翌日、嬉しいほうじゃないドキドキを胸に大学病院へと向かいました。

消化器外科の医師の一声は、「今回の結果は、特に手術の必要なしですね」。「先生、ありがとうございました」の後に「先生、これ以上の誕生日プレゼントはないです！」とつけ加えたかったけれど、もちろんそういう雰囲気の場所ではないので、丁重に頭を下げ、人目のないところに移動して小さいガッツポーズをした私です。

そして、すぐに電話やラインで「大丈夫だった」と知らせられる家族や友人がいることに、しみじみ幸せを感じたのでした。

そんな私の脳裏に浮かんだ言葉が「今さらだけど愛」。

モノ書きのサガなんでしょうか、安堵《あんど》の気持ちとほぼ同時に今書きたいのは「そのあたりのこと」かもしれないと思った瞬間でもありました。

前作『70歳からのおしゃれ生活』の「おわりに」でふれた「腸閉塞《ちょうへいそく》」の発症個所が（やや稀《まれ》な）小腸だったことがわかるまで時間がかかり、原因究明でまた時間がかかり、その途中に薬の副作用で心が折れかかり……。

それらのことは（くどくならない程度に）第1章でお話しするつもりですが、「年齢は財産である」なんて言葉を、軽々しく得意げに使っていた今までの自分は、やっぱり「若造《わかぞう》だったなぁ」って感じます（70歳の誕生日をクリアした途端にちょっと上から発言）。

そしてもうひとつ、前作では、5人の「カッコいい人」（向田邦子《むこうだくにこ》、白洲《しらす》正子《まさこ》、沢村貞子《さわむらさだこ》、高峰秀子《たかみねひでこ》、宇野千代《うのちよ》）をお手本として書かせていただきましたが、その執筆時に「ここにあの人の言葉を入れたら、より深みや面白みが出るのに！」と強く思う場面が多々ありました。

その方が「おせいさん」こと、田辺聖子《たなべせいこ》さんです。

ほがらかでしなやかな楽しみ上手！

かわいらしいもの大好きなロマンチスト！

加えて、大人の眼力と言葉で「人生の処方箋」を求める私たちを導いてくれる賢人！

これではまだ田辺聖子さんの凄《すご》さや魅力の一割も言い表せていないけれど、まずは「おせいさんワールドツアー」へＧＯ！

体調がすぐれず仕事用の椅子に座るのさえしんどく、書けなかった間に「書きたいこと」預金だけはかなり増えておりました。

パソコン前の本棚は、薔薇色《ばらいろ》の田辺聖子コーナーに模様替えされ、70歳からの暮らしを元気にし、「今さらだけど愛」のヒントになりそうな本たちが集合。

今回は（私も少しは学習したので）ぼちぼち無理せず文章もイラストも楽しく書きたいです。

そう考えられるようになったのも、年をとったおかげです！

どうか、のんびり気楽に道中におつきあいくださいますよう。

目次

はじめに――今さらだけど愛　1

第1章　不調があっても自分のからだを愛する

金属疲労のお年頃　14
腸閉塞ってナニ？　18
ドクター・ダンディー登場　20
ほぼミニマリスト体験しました　23
医師のお手紙とモヤモヤさん　26
今度は腸結核ってナニ？　30
ここまでのことの追記　32
自分のからだを愛するということ　34

第2章　おいしいものにトキメキ 食い気を愛する

おいしいもののチカラ 38
「おいしい」がわかる幸せ 41
モヤモヤさん、ぬははと再登場 43
現在地についてのご報告 46
歌子さんの朝食 47
おトキどんのご馳走 50
面倒といいそいそ 52
愛ある「お料理小説」より 55
おせいさん流お好み焼き 57
俵型か三角か 60
やっぱり、飲んでた 62
まだまだ紹介したい料理たち 65

「とりあえずお昼」 70

第3章 メッキがはげても今あるものを愛する

あっ、同じだ！ 76
箸置きと箸枕 79
メッキがはげてから 84
追憶のグランパパ 86
おせいさんのドールハウス 88
ドールハウスは今どこに？ 90
インドア派の師匠 92
見つかりましたよ！ 94
ヌイグルミとスヌー 98
手持ちの札で勝負 102

第4章　過去をふりかえって思い出も愛する

懐かしさとのつきあい方　106
過去をふりかえって何が悪い！　109
袋を大きくする　111
賞のない人生も悪くない　115
70歳は70点？　117
歳月がくれるもの　120
18年ぶり、21年ぶり　123
思い出箱に入れるのは　128

第5章 「姥ざかり」は陽気を愛する

歌子&サナエ 132
おしゃれで元気に 135
おせいさんの4着 138
好きやったら似合うんちゃう? 140
夫婦漫才せいかつ 143
女ざかりは真っ八十 145
コンマ以下は切り捨て 148
陽気の背骨 150

第6章 まだまだ出てくる「今さらの欲」も愛する

そのカードは手元にないのか？ 156
母からのアドバイス 158
交換条件 160
「欲」に勢いがついた？ 164
読みたくなったベスト5 168
ぼちぼち「欲」とつきあおう 175
おわりに――いざ年をとったら、意外に幸せ 178

年をとったおかげです

70歳は70点！　80歳は80点！

第1章

不調があっても自分のからだを愛する

金属疲労のお年頃

最初の章の冒頭からナンですが、田辺聖子さんご自身がつくった箴言《しんげん》（アフォリズム）のひとつをさっそく紹介したいと思います。

人間も金属疲労が出てからがホンモノである。

ホントもう、のっけからノックアウトですわー。

金属疲労という漢字四文字、「思わず膝を叩く」なんてもんじゃなく、疲労困憊《こんぱい》ナカヤマの「ハート鷲摑《わしづか》み」というレベルでした。

この金属疲労についてのエッセイが載っている本のタイトルが、またノックアウトもの。『人生は、だましだまし』（角川文庫）、脱帽です。

この本は、他にもご披露したいところだらけなんですが、今は我慢して金属疲労の紹介にとどめておくことにしましょう（せっかちな私が学ぶべきは、ぼちぼちイズムなので）。

まずおせいさん、エッセイの最初で、オリジナル箴言の出だしを「人間も」とするか「人間は」とすべきかについて考察。

ここを「は」にすると、一律に断じてしまうことになる、すべて物事は一刀両断にしてはいけないという、そういう意図あっての「も」だったんです。

人間として「も」ですが、モノ書きとして「も」学ばせてもらった、おせいさんならではの考察でありました。この出だしに限らず、すべて引用しちゃいたいですが、金属疲労のお年頃の私が特に「鷲摑み」された部分を抜粋してご紹介しておきましょう。


私などは金属というと頑丈この上なく、金剛不壊《こんごうふえ》（また出た）のものと思ってしまうが、金属でもヒビが入るらしい。

人間も長い人生を生き擦《す》れていると、あらゆる苦難、辛労がふりつもる、体が傷むから心が弱くなるのか、その反対なのか、そこがそれ、〈劣化現象〉である。平たくいえば心身めためたとなる。

金属疲労は劣化の結果であるものの、〈先が読める〉という利点ももたらす。経験を積み、それが若干の見識を与える。

若いときのように理屈もぶたず、人を説得しようと躍起にもならぬ。それは人間の限界を知るから。――そんな風に生きてて、何がおもろまんねん、と若い衆にふしんがられるが、内心ニンマリして、案外、世の中をたのしんでいる。してみると、金属疲労ニンゲンこそ、ホンモノのオトナといえるのではあるまいか。

そうか、金属疲労のお年頃になった私も、ようやくホンモノのオトナに仲間入りということなんでしょう。

ちなみに、金剛不壊に（また出た）というツッコミが入っているのは、自らをムカシ人間と称するおせいさんが「出すまいと思っても出てくるから仕方ない」という四字熟語の達人のため。

達人にはほど遠いけれど、小学校４年のときに書初《かきぞ》めで「臥薪嘗胆《がしんしょうたん》」と書いて褒《ほ》められて以来の四字熟語フェチの私としては、「もっと出してー」とタメ口でお願いしたいです。

ナカヤマの解説

金属疲労

金属材料に外力が
くり返し加わり
無数の微小な亀裂が
生じること

金剛不壊

堅固な志をもって決して変えない
かたくてこわれないこと
ダイヤモンド

臥薪嘗胆

目的を達成するために
⇨ 苦労を耐え忍ぶ
苦いきもをなめること
堅いたきぎの上で寝ること

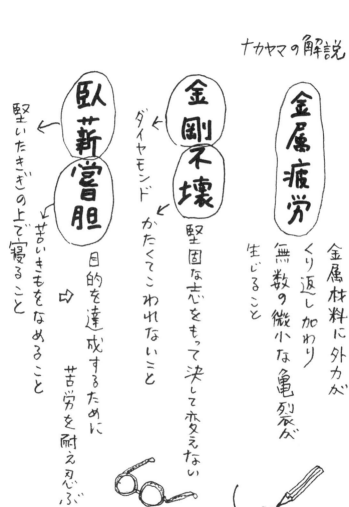

腸閉塞ってナニ？

昔から、一度気になると「どうして？」「なんで？」としつこく聞くタイプでした。子どものころは、親や教師、（ひとりっこなので）近所のおねえさんとかに、ことあるごとに？マークを乱発していました。

こういうタイプの人間は、間違いなくうっとうしいと思われるのですが、いい点もありました。

それは、いざ自分が親になったとき、？マークを連発する幼児に「どうしてなんだろう」と、一緒に考えられる傾向があったことです。もちろん、たいていの場合、子どもの？マークは「今かい！」というバッドタイミングで発動されますから、子どもの目線まで腰をかがめて、やさしい声で……とまではいきませんでしたけれどね。

教師という職業に就《つ》いたときも、生徒の？マークとかなり向き合えたし、何より今の職業は、疑問を持たないと成り立たない気がしています。

そこで本題。

前作の「おわりに」からつづきます。

激しい吐き気とともに救急車のストレッチャーに乗り、大学病院の救急外来に着いた私は、最初こそ「この気持ち悪いの、どうにかしてー」一色でしたが、そのうちに吐き気止めの点滴が効いてくると、「この吐き気はナニ？　悪いものとか食べてないし、今朝は普通に動いていたのに、これも金属疲労のひとつか」といった？マークがフツフツと。

あちこちの部位のＣＴを撮り、どうも腸閉塞《ちょうへいそく》らしいという診断が下り、救急車に同乗して病院の待合室で待っていてくれた夫と娘は医師の説明を受け、右手にも左手にも管やら何やらを着けられた私を心配そうに見ながら、家へと帰っていきました。

お産関係（切迫流産＆出産）でしか入院経験がなかった私は、そのままひとり居残りです。「３日間は絶食」といわれたときは、さすがに大丈夫か……と不安になったけれど、それ以上に「腸閉塞ってナニ？」が頭を支配し、入院や検査を（意外に）前向きに受け入れることができました。

ドクター・ダンディー登場

実は当初、点滴のおかげで吐き気が収まった私も（薬だけもらい）家族と一緒に家へ帰れる……という流れだったらしいんです。ところが、救急担当の新人医師の前にスッと現れたダンディーなドクターが「ちょっと、その画像見せて」。

その画像から、かすかに閉塞らしきものを発見したところから、この長い物語（？）が始まりました。

まずは、腸周辺の手術歴があるかどうか。

レンタルパジャマに着替え、病室のベッドに移動した私になんの手術歴もないことがわかると、様子を見に来たドクター・ダンディーの眼に？マークが点滅。腸閉塞の場合、手術後の何らかの癒着《ゆちゃく》によって腸の一部が塞がることが多いらしく、ここでありがちな原因が削除されました。

次は、何か腸が塞がるような食べ物を摂《と》ったかどうか。

ここからドクター・ダンディーと私の「犯人探し」が始まりました。

ドクター「お餅とか、食べてない？」

私「いえ、食べてないです」（今、夏だし）↑カッコ内は心の声。

ドクター「キノコは？　ナッツ類は？」

私「いやー、それもないかな」（知らずにタメ口になってる）

ドクター「だよね。お餅やキノコが詰まりやすいって書いてあるけど、あと何かあるかなぁ」（スマホで詰まりやすいもの調べてるんかい）

私「あっ、そういえばトウモロコシ食べました」（茹《ゆ》でたておいしかったな）

ドクター「トウモロコシかぁ。じゃあ、また来ます」

ここで、ひとまずドクター退場。

看護師さんやら別のドクターもやってきて、一時はにぎわっていた（？）私のベッド周りも、その後はひっそりとしてポツンポツンと落ちる点滴の雫《しずく》を眺めているうちに深ーい眠りにつき、怒濤《どとう》の１日目が終了しました。

翌朝以降も、時折「レントゲン行きまーす」とか「点滴交換しまーす」とかはあるものの、絶食だから時間がとにかく過ぎない。

まあ、３日間絶食と聞いた時点で「これは個室を希望するしかないな」と即座に判断した私。これまで雑誌での取材は時間さえ合えばオッケーしてきたけれど、唯一断った企画が「断食道場宿泊体験記」でした。

「断食だけはムリ！　それだけはゴメン！」と知り合いの編集者に懇願した食いしん坊の私が、他の人たちは食事している部屋で、自分だけ３日も！何も食べられない、水も飲めないなんてムリ！

さて、ヒマだし、犯人探しを再び進めましたが、他に怪しい奴はいないなぁ……。

すると、突然ドアが開き、おもむろに「トウモロコシ出た？」と問うドクター・ダンディー。「えっ、何も食べてないから、何も出ませんよ」と私。

「じゃあ、また」と再び、風のように去る。

実は、たまたま救急で運ばれた私の画像を見てくれただけで、今回の主治医というわけではなかったのに、その後も何度も「トウモロコシ出た？　体調どう？」と訪問してくれました。

もしかして犯人かもしれないトウモロコシの粒が体内から排出された4日目の朝、その事実を一刻も早く伝えたいと、ダンディー登場を心待ちにしていた私でした。

ほぼミニマリスト体験しました

着の身着のままストレッチャーに乗ってしまったので、上着のポケットに入れていた携帯以外、何も持っていませんでした。もちろん、翌日荷物は家族に差し入れしてもらえるんですが、コロナ禍もあって時間等の制約があり、しばらくはほぼミニマリストでした。

まあ絶食&点滴中なので多くは必要としなかったけれど、化粧水やシャンプー、携帯の充電器、筆記具と日記帳、タオルとパジャマは一緒にレンタルしたのでそれは助かったも

のの、下着や靴下の替えは欲しかったな。

ただし、（これも時間は少しかかったけれど）看護師さんに、院内のコンビニで買ってきてもらえるものもありました。たとえば、歯磨きセット！　今は何も食べてないけれど、歯磨きしなくちゃ。

そんなシチュエーションで感じたことは、こんなにモノとシンプルにつきあったことないな、の感覚でした。

シャンプーはいつものと香りが違っても、ホントに頭が入れ替わったほどすっきりしたし、レンタルタオルもフワフワとはいかないまでも清潔。日記帳が届くまでは「入院の手引き」のメモ欄に、看護師さんに借りたボールペンで書く。それでも「そのときに感じていたこと」をちゃんと記すことができたのは、新鮮な驚きでした。

それと、あんなに恐れていた絶食そのものは、思ったほど苦じゃなかった。ブドウ糖が入った液体をずっと点滴していたからなんでしょうけれど、空腹もそんなに感じなかったことと、70年近く休みなく日に何度も投入される食べ物を消化吸収しつづけ、働いていた胃腸をようやく休められたことに安堵《あんど》した感あり。

いやいや、ちょっと綺麗ごとになりすぎてるぞ。

実際には、食事時間前後は極力廊下に出ないようにしてました。なにせ、トレーで各人に運ばれる容器に蓋《ふた》がしてあったとしても、甘じょっぱいノスタルジックな煮物の匂いが漂う廊下は、3日絶食の身には正直きつかったからです。

予定通りの3日間をクリアすると、完全流動食から始まって、三分粥《がゆ》から全粥、普通食を経て、当初聞かされていた通り最短の1週間で退院することができました。

退院の前に「1カ月後に、こちらでもう一度検査します」といわれても、退院できる嬉しさで気もそぞろ。帰宅しても、「しばらく消化のよいものを食べる」を実践すれば、これで終了！と考えていたんです。

ついでに、今回感じたミニマリスト的清々《すがすが》しさ作戦も自宅に戻ったら実践……と思いつつも、いざ戻るや「なにか自分にご褒美《ほうび》だな」と、その日のうちにデパートへGOしたのでした。

しかしそんな考えが甘かったことを、1カ月後に知ることになるのです。

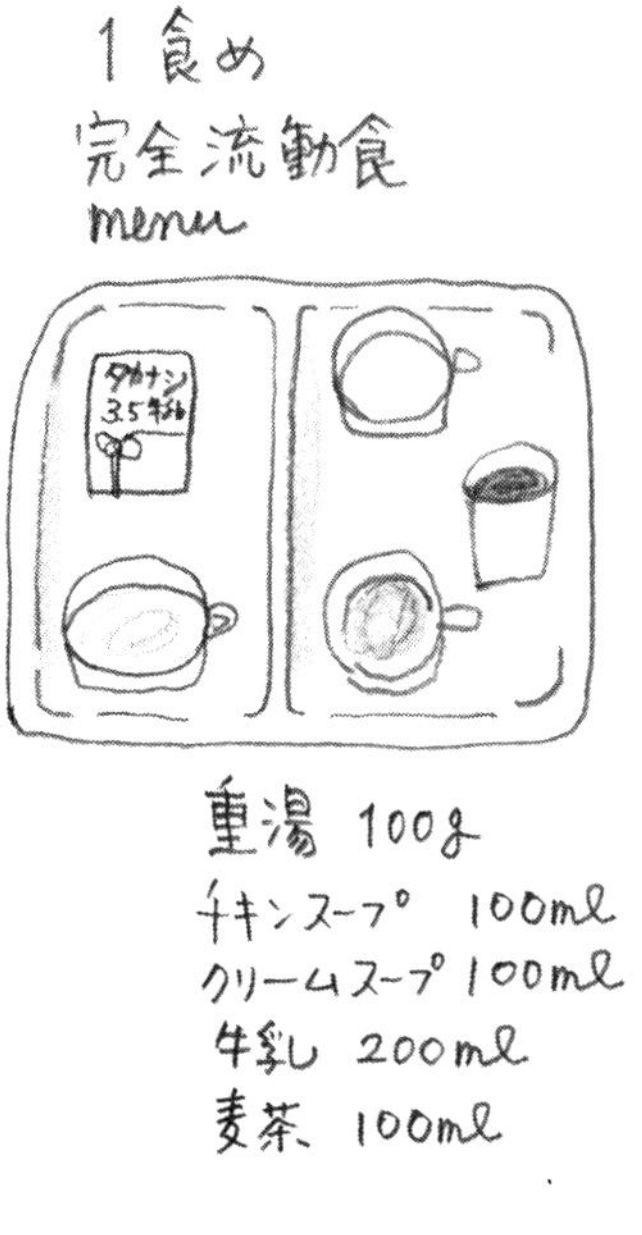

医師のお手紙とモヤモヤさん

おせいさんの小説はどれも好きですが、中でも『姥《うば》ざかり』シリーズは大のお気に入りです。

このシリーズ、全4冊のタイトルは『姥ざかり』『姥ときめき』『姥うかれ』『姥勝手』（いずれも新潮文庫）。最初に単発で発表された作品が好評で、人気シリーズになったようです。

主人公の歌子さんは、1冊目の76歳から4冊目の80歳まで、好奇心旺盛のおしゃれさんで、とにかくパワー全開です。

このあとも「おせいさん語録」だけでなく「歌子語録」や「姥エピソード」もひんぱんに登場すると予想されます。

さて、退院して1カ月後の検査では「うーん、まだ完治してないですね。救急外来ではこれ以上詳しく調べられないの

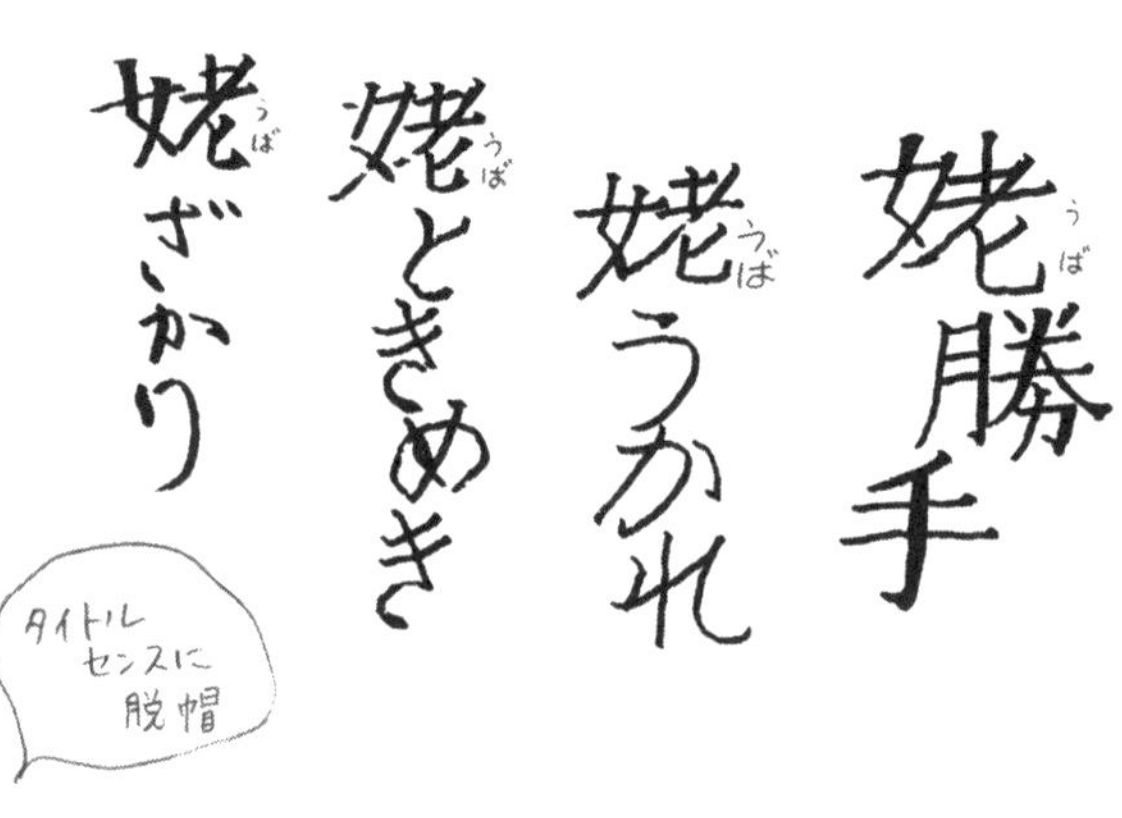

で、うちの消化器内科の先生にお手紙書きますから、これからはそちらにかかってくださ い」との診断。

特にどこが具合悪いという症状はないし、もう治《なお》っているとばかり思っていたので、とてもショックだったのですが、と同時に「えーっ、同じ病院内で医師同士が『お手紙』書くんだ」という「そこかい？」と突っこまれそうなところに興味を抱いてしまいました。

まあ、所見とかいろいろ書かれた書類なんでしょうが、素人からすると「拝啓　○○先生へ　時候の挨拶　要件　結び　△△より」というような鳩居堂《きゅうきょどう》っぽいビジュアルが浮かんで、あの（ある意味）恐怖や威圧を与える大空間の中で、医師から医師へとお手紙が行き来しているんだぁ……なんて思ってしまった私です。

このとき、もうひとつ浮かんだものがありました。

それが、歌子さんが「モヤモヤさん」と呼ぶ存在。

ただ無信心無信仰の私でも、何かしら大きな超越者のごときものがいたはるのやないかしらんと思うことがある。仏サンか神サンか観音サンか菩薩《ぼさつ》サンか、それは分らない。モヤモヤしているから私は、仮りに、ひそかに自分一人で、

「モヤモヤさん」
となづけている。

何となればモヤモヤさんは人の足をすくうのがうまいからである。モヤモヤさんは、おとし穴づくりの名人なんである。人を不意におとし穴にはめて、(どや……思いも染めんことやったやろが。……ぬふふふ。むはははは。ぐわっはっはっは)と大喜びしているところがあるのだ。これは意地悪《いけず》というより、モヤモヤさんの性質としてそうなのだから、怨むのはスジちがいというものである。

世の中のこと一切、断言できることは何もないのだ。何しろモヤモヤさんは人の裏を掻くのが大好きなのだから、断言したり思いこんだり、してることは危いのである。

そうか、素人が「治った！」なんて断言したところで、医師から別の医師へ「お手紙」が行くという厳しい現実もアリなんだな。

今までよりリアルに「モヤモヤさん」の存在を感じた出来事でありました。

ナカヤマ作の

モヤモヤさん

人の足をすくうのがうまい

おとし穴づくりの名人

ぬふふ。むはははは。

ぐゆっはっはっは と 笑う

いたずらっ子のようで

油断禁物！！

今度は腸結核ってナニ？

しばらくして、「お手紙」先の新しい主治医がいる消化器内科を訪ね、改めて詳しい検査をし、（閉塞を起こしやすい）狭くなっている個所は（大腸ではなく大腸寄りの）小腸の潰瘍であることがわかりました。

ここでまたしても、モヤモヤさんのいけずが発動。

小腸にこのような症状が起こるのはかなり珍しいことらしく、「腸結核の疑いがありますね」。

えーっ、結核って肺だけじゃないの？

後で、約9割は肺だけれど、それ以外のさまざまな部分でも結核を発症することがあると知り、それも驚きだったけれど、少し年代を遡《さかのぼ》っても身内に結核だった人もおらず、「私がどうして？」

もし腸結核だったとすると、薬（4種類）の服用1カ月の時点でもう一度内視鏡検査をすれば、確実に完治しているらしい（ただし、その場合も結核菌はしぶといので、まだまだ服薬は続きます）。

ということで、要はグレーゾーンのまま、見切り発車で結核薬の服用が始まりました。区の保健所にも行き、面接を受けて「療養の手引」と「服薬ノート」ももらい、とにかく親切丁寧なことに驚いたけれど、その薬たちの副作用のすごさに、「モヤモヤさん、これはないんじゃない！」と猛烈抗議したくなりました。

さすがに思い出したくない１カ月だけれど、倦怠感《けんたいかん》、むかつき、食欲不振、味覚・嗅覚障害、痺《しび》れ、湿疹《しっしん》などなど。口にできるのは、氷砂糖と水だけという日が何日も続きました。このとき６キロ痩《や》せたという、人生の中で最もしんどい体験でした。

途中でたまらず「この気持ち悪さ、つわりの１００倍つらいです」と主治医に訴え、吐き気止めを処方してもらいました。「何でも知っとる立派な医師でも男やから、つわりのむかつきだけは体験ないやろ！」と心の中で呟《つぶや》く私には、モヤモヤ教発案者の歌子さんが乗り移っていたようでした。

で、結局これだけの思いをしたのに、小腸の潰瘍《かいよう》は完治していなかった！

ということは、腸結核じゃなかった！のです。

加えて、血液検査の肝臓関連の数値がヤバいレベルまで……。

即座に薬は中止になり、さすがに先生も気の毒に思ったのか「たいへんでしたね。肝臓のお薬出すから、しばらく安静にしてて」。

それからもあれこれあって、今度は消化器外科で「はじめに」でお話しした2泊3日の検査入院となり「とりあえず手術の必要はない」、しかし消化器内科での「経過観察」はつづく、が現在の着地点。

ふーう、まずはここまで読んでいただき感謝です。

ここまでのことの追記

「今度は腸結核ってナニ?」を書いた翌朝です。

おかげさまで肝臓の数値も落ち着き、その後に主治医が処方してくれた漢方「大建中《だいけんちゅう》湯《とう》」が体質に合っていたのか、経過観察中の身とはいえ、今はあの辛《つら》かった1ヵ月のことを書けるまで回復しました。

ちなみに、一時６キロ減った体重は２キロ回復し、遡っての最初の入院時から４キロ減。実は、この数字が50代以降の私のほぼベスト体重といえるので、ここらあたりでウロウロしてる分には大丈夫！という気がしています。

病気や治療のことは、個人差があります。

私の場合、結核薬の副作用は相当なものでしたが、これらの薬が開発されたおかげで結核は「治る病」になったといっても過言ではないのです。だから、これらの薬を否定するつもりはまったくないし、現在（私と同じではないにしても）副作用がありつつ、結核完治を目指して服用をつづけている方々には、心からのエールを送りたいです。

それと今になって思うのは、血液や肺の検査でも結核菌は出ず、私の中に「ホントに結核なの？　この薬飲む意味あるの？」という疑問が常にあったので、より服薬の日々が辛かったのかもしれないということ。

とはいえ、主治医も苦慮した上で「消去法で行くしかない。腸結核で解となるか、その可能性が消えるか」という判断で、それらの薬を処方したことは（金属疲労ナカヤマも十分にオトナなので）わかっていたのです。

自分のからだを愛するということ

そんな経緯で、とりあえず現在は手術して切る必要はないけれど、小腸狭まりの原因ははっきりしないままの「経過観察」。今週も「大建中湯」をもらうべく、病院へ行く予定になっています。

しかし、今は「一病息災《いちびょうそくさい》」という四字熟語に深く共感し、今さらだけど「金属疲労世代のからだへの愛」を実践中です。

具体的には、

よく噛《か》む

これ、大事です。腸閉塞で運ばれ、全身デトックスして退院するとき、最後に（そのときの）主治医にいわれたのが「よく噛んで」でした。

ゆっくり味わう

せっかちなので、そそくさと食べるクセがついていました。噛む回数も大切だけれど、動作そのものも以前よりゆっくりにして、ひとつひとつの味を感じるゆとりを持つようにしています。

食べたら休む

金属疲労世代は、堂々と牛になりましょう。

無理なく歩く

私と夫の一日の基本ノルマは６０００歩です。携帯の歩数計アプリで管理していますが、どちらかしんどいときは、ふたり分の携帯を持って歩き「歩数プレゼント」（笑）。最近は、私がプレゼントしてもらうことが多かったです。

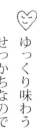

シニア夫婦で笑う

笑うためのネタを仕込むのは、もっぱら妻の役目。仕事に使えることもあるから、一石二鳥です。たとえば、入院中も自宅にいる夫に「トウモロコシ」の話で受けて、今回も原稿で皆さまとシェア。

病気でも病人にならない

これは、入院中に「いいこと日記」に記しました。「一病息災」にも劣らない、名言だと自画自賛。もしかすると、何かで読んだのを覚えていただけかもしれないけれど、それでも覚えていたことを自画自賛。ということで、次は……

自画自賛する

人に自慢すると、後で自己嫌悪に陥《おちい》ることもあり、からだによくない。自分で自分を褒めて、今さらだけど自分とより仲よく機嫌よく暮らしたいです。

おせいさんの本を読む

おっ、まとめに入ってますね。これから、ドンドンご紹介していきますよ！

第2章

おいしいものにトキメキ
食い気を愛する

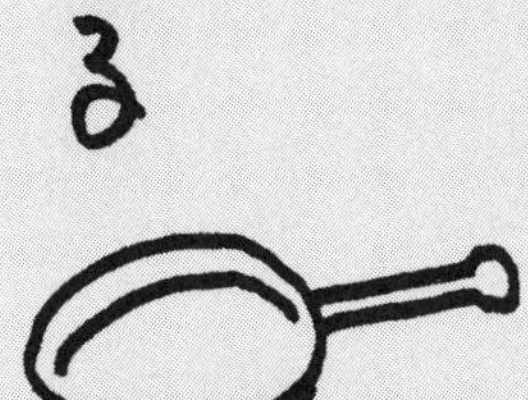

おいしいもののチカラ

おせいさんの小説に、確か「金属疲労」というタイトルの短編もあったような気がする。

そう思い出すや、せっかちナカヤマはすぐに探索を始めました。

探索開始5分（はやっ）で、見つかりましたよ。

それは『おいしいものと恋のはなし』（文春文庫）の中に収録されていました。

中堅どころの機械メーカーに勤める森はるか（32歳）のバレンタインをめぐる、ショートストーリー。彼女の本命は、年下の営業マンの清川くんなのだけれど、当日は出張だし、その後もトラブル続きの年下君にとうとう渡しそびれたトリュフチョコは、窓際族のオジサン春木さんにあげることになってしまいました。

とはいえ、傷心のはるかを行きつけの小料理屋に連れて行ってくれ、日本酒を傾けつつ
……ここからは、正調おせいさん節でどうぞ！

「春木サン」

「何ですか」

「俳句、出来ました。『チョコレート粉々になって恋終る』というんです」

「なるほど。――しかし、恋なんか終ったほうがよろし。人間は金属疲労が出るようになってからがホンモノやし、男と女は友達になってからがホンモノや。恋より友達がよろし」

「そういうたら、ミもフタもないけどな」

と二人で笑った。

春木サンがその夜、私のために取ってくれた料理は、

おいしいものと恋のはなし
カバーイラストとーっても
好き♥

一、イカの刺身
一、ゲソの塩焼き
一、トロのつくり
一、湯豆腐
一、杓子菜《しゃくしな》と油揚のたき合わせ
というものだった。

私は日本酒とこれらのごちそうで体はあたたまり、気分もしゃんとし、何べんバレンタインをやってもいい気がしていた。それより春木サンと「お友達」になれたのが嬉しかった。そういうと、春木サンは私の耳にささやいた。

「この店、気に入ったかいな」

「ええ、とても」

「これ、実は、僕のバレンタインのチョコなんやねん。森サンは僕の本命チョコやった。いつかはここへ案内しよ、思うてたんや。時々、金属疲労した時は、ここで飲みまへんか?」

うわー、ちょっとオトナならではのトキメキ感じません?

それを盛り上げているのは、春木さんオーダーのおいしいもののチカラ。森はるか、ワチャワチャした子どもじみたバレンタインごっこから、いよいよ卒業か、と思わせてくれるお話でした。

「おいしい」がわかる幸せ

先の短編以外でも、おいしいものをおいしく描写する達人のおせいさんですが、ご本人もその辺のことはよく心得ていたようで、『猫なで日記』（集英社）を読むと、

私は小説の中に、わりにたべるシーンをよく入れる。

たべものは、これは自分で作ったり試みたり、実際に味わったり、したものを書かないと迫力が出ない。

私もおいしいもの大好き。

このあと、おせいさんの作品に登場する「おいしいもの」をいろいろ紹介しようと思っています。ついでに私が真似《まね》してつくったもの、味わったものも発表予定です。

薬の副作用のときの話に戻るけれど、味覚・嗅覚がほぼなくなってしまった1ヵ月は、「おいしい」のすべてを奪われて、本当に「砂を噛《か》む」思いで、かろうじて生きていたようでした。

バターロールを齧《かじ》ると、（実際に食べたことがあるわけじゃないけれど）紙粘土を口に入れたような感じだったし、とにかく味噌汁は塩分10倍感、飲めたものではありませんでした。

当然、食事だけでなく料理も苦痛……なにせ、味見もつまみ食いもできないんですから。

そんな状態から抜け出し、昨夜の私は山ウドの酢味噌和《あ》えや肉豆腐をつくり、夫とのシニア夕食を食べるまで回復。春木さんオススメの小料理屋みたいな献立にも挑戦できそうで嬉しい限りです。

モヤモヤさん、ぬははと再登場

小料理屋っぽいメニューにトライしたり、日々「おいしい」がわかる幸せに感謝しつつ、ここまで執筆していた私の前に突然おとし穴づくり名人のモヤモヤさんが、ぬははとばかりに再登場しました。

なんと、再び突然の激しい吐き気と腹痛によって緊急入院。

前回の検査入院後に、今のところ大丈夫という「お誕生日祝い」をもらってからそう時間が経っていなかったし、「金属疲労世代のからだへの愛」でお話ししたこともできる限り実践していました。もちろんお餅やキノコ、こんにゃく、トウモロコシも食していない。というより、詰まりが心配で食べられないでいる、というのが正直な状況でした。

よく噛む……に至っては、顎《あご》が疲れるくらいの回数だったのに？

前回とほぼ同じ治療（まあ絶食ですね）を受けつつ、検査入院の際にも担当してくれたドクター（わが家でそう呼ぶようになった理由は、このあとお話ししますが）「大腸先生」と話

し合い、これはもう切っちゃったほうがいいかもしれないな、という結論になりました。

何がきっかけで、いつ狭窄《きょうさく》部分が完全に塞がってしまうかわからないまま、これからもビクビク暮らすのはしんどいなぁという気持ちを理解してもらえ、ありがたかったです。

今回の緊急入院では、消化器系の患者が入る病棟が満室で、私は循環器の病棟に案内されました。ここの看護師さんたちも、それは親切でありがたかったのですが、特に明るくて天然系のFさんとはノリが合いました。

緊急だったため、ベッドの上で、本来なら事前に受付で済ませておくいろいろな書類に目を通したり、同意書のサインをしたりにつきあっていてくれたFさんが「ナカヤマさんの主治医の先生、消化器外科の医師になるために生まれてきたみたいですね、苗字が大腸だなんて！」

「えっ、大腸のあとに○○って書いてあるのが先生の苗字だよ」(またタメ口)

「あー、ホントだ。でも他の先生の名前はフルネームですよ」

確かに、何人か担当してくださっている他の先生は苗字のあとに一角あいて名前が書いてありました。

彼女は「科が違うので、あー、ポカやっちゃって」といっていたけれど、またしても入院……と落ちこんでいた私も、おかげで（ふたりで）笑い合い、本来の面白がり精神を取り戻した感がありました。

夫や娘に（明るい話のほうが安心してもらえると思って）状況説明の電話の際にこの話もして、以来うちでは「大腸先生」で統一されたという次第です。

実際、大学病院は（私の病状より）もっとシリアスで手術の緊急性が高い患者さんが大勢いることは、何度か入院しただけでも肌で感じていました。

たくさんのオペ（手術）を抱える大腸先生が「締め切りのある仕事らしいから、なるべく早く執刀できるように考えるね」といってくれ、落ちこんでる場合じゃない！と前向きになることができました。

こんな流れで、70歳と３カ月弱ではじめての手術を受ける運びとなりました。

現在地についてのご報告

おかげさまで、腹腔鏡手術そのものは無事に済み、事前の数々の検査や術後の病理検査でも懸念される要素は見当たらず、ホッと胸をなでおろして再びこの原稿の前にやってきました。

とはいえ、やはり全身麻酔による手術は、70歳にとってはかなりダメージがありました。筋肉も気力もなかなか戻らないし、多少貧血気味。

悪いところを切っちゃえば、ビクビクから一気に元気に戻れるのかと思ったら、回復もほんとにぼちぼちなのねー。

ただし、再びおせいさんの本を手に取って読み返すと、今まで以上に心底から「わかるわー」としみる感じ。

しばらくはモヤモヤさんにもどうか静観いただいて、「食い気を愛する」に復帰したい所存です。

歌子さんの朝食

私が愛すべきヒロインとして『姥《うば》ざかり』に登場する歌子さんのことをはじめて書いたのは『「夢ノート」のつくりかた』（大和出版）内でした。

まだ、気が引けて名乗ることができなかったエッセイストという肩書を、この本のおかげで得た、懐かしくありがたい一冊。奥付を見ると１９９５年に初版が発行されています。

で、歌子さんのことに戻ると、手元の本によると１６３ページに登場。

当時40歳そこそこの私は、76歳の歌子さんのことを「ポジティブ乙女」と表現し、おせいさんの作品に登場する魅力的なヒロインの中でも群を抜いている、と断言してますねー。

40の私、けっこうよき着眼。

70になって、歌子さんの世代に近づいてきた今、ちょっと病《やまい》なんか得ちゃった今、若かった自分が書いてたことに励まされるなんて！

紹介している歌子さんの朝食シーン、おせいさんオリジナルでなく、ここでは僭越《せんえつ》なががら40代の私が書いた文と描いたイラストで紹介しておきましょう。

歌子さんは東神戸のマンションの海も山も見える八階で、ラベンダー色の絹の部屋着をまとい、ゆっくり朝食をとる。紅茶にトースト、目玉焼き、グレープフルーツ。トーストにつけるジャムは、浅間のグーズベリー、マーマレードはイギリスのもの。一枚には濃紫、もう一枚はオレンジと、色どりも美しく。鈍重な民芸品や黒ずんだ骨董なんか使わない。白くて薄くて、きれいな柄の指で弾くと「チーン」と音がする西洋茶碗。あるいは薄手の清水焼。元気なだけじゃなく、彼女の美意識にも脱帽だ。

これを書いてから30年が経って、はるか先だと思っていた歌子世代の入り口に立っている今の自分も、やっぱり歌子さんの優雅な朝食に憧《あこが》れてます。

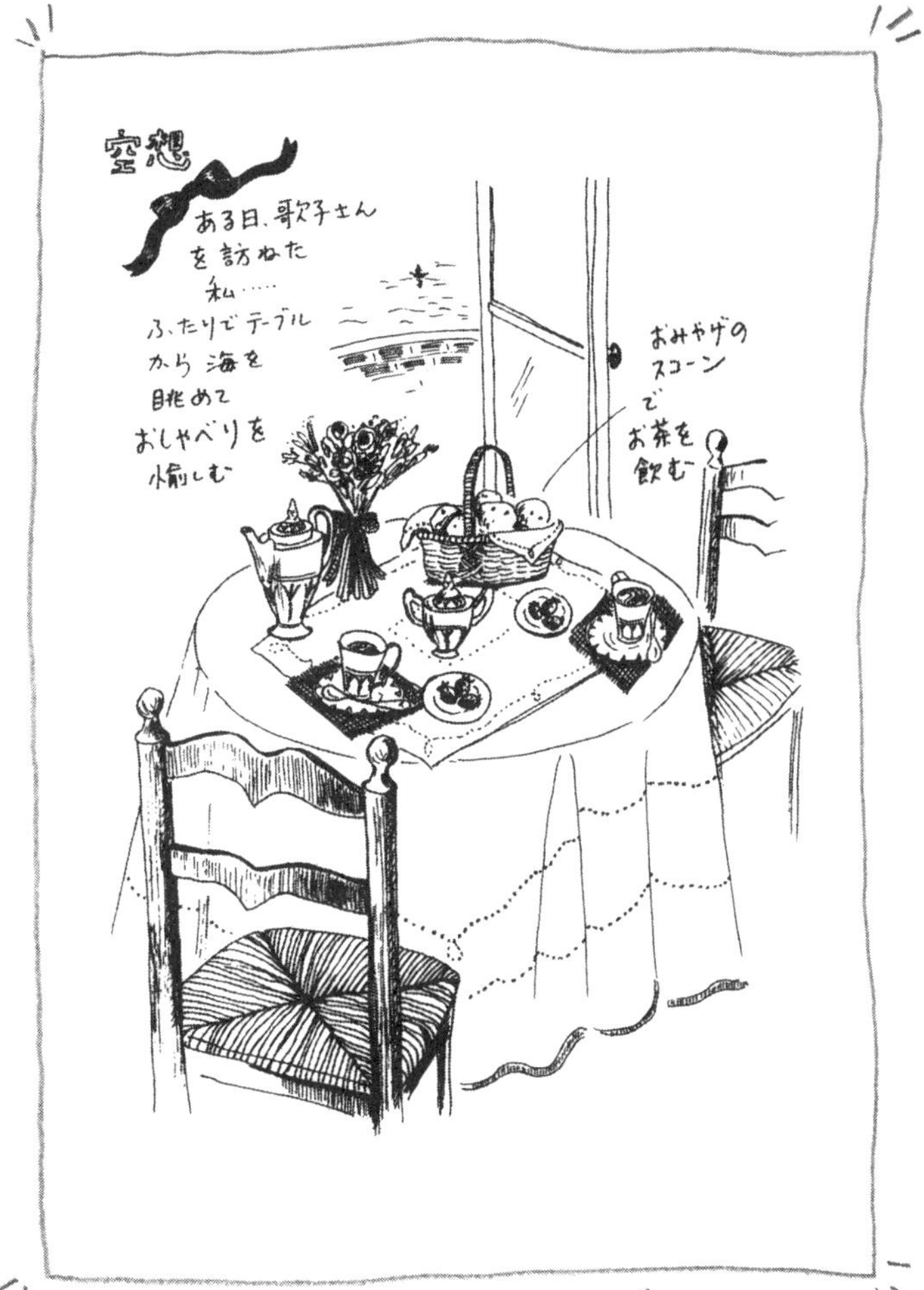

40代ナカヤマの渾身イラスト
公開

なつかしい y.m

おトキどんのご馳走

76歳でスタートした歌子シリーズは、4冊目の『姥勝手』まで続き、最終巻での歌子さんは80歳。まだまだ元気なキャラで楽しませてくれますが、さすがにこんな事態にも遭遇。

ぐきっ。
ベッドから起きようとすると、痛みが右腰に走った。稲妻のような痛みだった。

普段から元気で、足腰の痛みや頭痛も知らず、眼鏡さえかければ針に糸も通せる、50代40代の嫁たちに（オバケだー）と思われてる歌子さん、さすがにモヤモヤさんに、

（みぃ。いつまでも丈夫やとうぬぼれるなよ。そうは世の中、いかんわえ……）
といわれたような気がするわけです。

幸い、ぎっくり腰まではいっていないけれど、珍しく弱気にもなりがちな歌子さんのもとを訪ねてきたのがおトキどんでした。

今は息子たちに会社は譲っているものの、もともとは船場《せんば》のご寮人《りょん》さんの歌子さん。彼女を慕ってくれている元使用人のひとりがおトキどん（60代後半）です。

「へー。ご寮人さんが寝込みはるの、はじめてやおまへんか。まあ、びっくりしましたことわいな」

おトキどんが家の裏山で刈ってきたドクダミを目の粗いもめん袋につめて風呂に入れ、浸かっている間につくってくれた遅昼食の献立がしみじみいいので、ちょっとご紹介させてもらいます。

紫蘇《しそ》入りのごはん。

青唐《ししとう》を焼いたもの。

しぎ焼きなすび（このなすびは、おトキどん丹精の畠の作物である）。

一塩もんのかます。
ずいきの煮《た》いたもんに、冷やし味噌汁。
——まるで船場のご馳走《ちそう》を目の前に見るような。

船場風お昼ごはんのあまりのおいしさに、普段の洋風食事も嫌いじゃないけれど、おトキどんのつくってくれたご飯に夏向きの冷やし汁がついたご馳走に、普段は強気の歌子さんも、素直に「おトキどん、おいしいわあ、おおきに」とお礼をいうのでした。

面倒といそいそ

おせいさん自身の愛すべき「食い気」本とも呼べる一冊があります。
タイトルはずばり『田辺聖子《おせいさん》の味三昧《あじざんまい》』(講談社編)です。大判で、カラーページも多く、実際にお料理しているおせいさんの姿も見られるし、つくり方もいろいろ載っているから何通りにも楽しめます。

まず冒頭で、読者へのこんなメッセージが。

しかし作る楽しみというのも、時にとって苦役《くえき》になります。私のように仕事を持っていると、時間がきてキッチンへ立たないといけないとき、（あー、面倒くさい……）と思ってしまうのです。それに献立を考えるとき。

それでいてまた、いそいそして、（今日は一つ、ゆっくり料理したい）と思うときもあり、人生はさまざまです。きっと、そんな女のひとは多いと思います。

これはそういうひとたちのための本です。みっちり、こってりと凝りたいときと、さ、さ、さーとつくってしまいたいときと。

女の人生はその組み合せでできあがっています。

うんうん、と何度も深く頷《うなず》く私。

以前なら、面倒くさい一辺倒だったかもですが、薬の副作用の味覚異常で料理の味見ができなかったときに、普通においしい味つけが試せるって、いかにありがたいことか、とことん身に染みました。

また、入院中の絶食時には、人間、食べるのにかかわること何ひとつなし！となると、本当に味も素っ気もないのっぺらぼうの一日になっちゃうんだ、とつくづく思った次第。ゆえに、まだ体調もうひとつでキッチンに長い時間立つのはしんどいときもあるけれど、新鮮な食材が手に入ったときなどは、ゆっくり料理したいと思うようになりました。

ちなみに、退院後最初にゲットした新鮮な食材は大ぶりの金目鯛《きんめだい》。以前なら、下処理もたいへんだし「う～ん、面倒だな」なんて呟《つぶや》いていたかもしれないけれど、今回は包丁を研《と》ぐところから始めて、一緒に煮る大根をお米のとぎ汁で下茹《したゆ》でし、長ネギもふんだんに入れて、自分でいうのもナンですが「ちょっと店レベルじゃない？」

そういわれたら、夫も否定できないでしょうが、本当に会心の作でした。

2日かけて本体は完食し、残った煮汁は濾《こ》して蕎《そ》麦《ば》ちょこふたつにイン。翌朝、冷蔵庫からプルプルの煮《に》凝《こご》りをいそいそと取り出し、シニア夫婦でおいしくいただきました。

愛ある「お料理小説」より

海なし県の群馬生まれの私ですが、どちらかを選べといわれれば肉より魚派。もしかすると、魚への憧れが強かったのかな。何しろ魚は種類が多いから、先のキンメみたいなちょっと豪勢なものが手に入ったときの嬉しさもあれば、新鮮なイワシが並んでて「えっ、これ300円なの」なーんて値段も含めてテンションが上がる場合も。

そんな私が大好きなイワシも登場する、ちょっとオトナな恋愛小説が『蝶花嬉遊図《ちょうかきゆうず》』です。

主人公のモリは33歳、妻子ある50男レオと同棲中。おせいさん曰く、

二人の生活のなかの料理をくわしく書いたのよ。男と女がいっしょにモノをたべるのも、〝愛〟のたいせつな要素だ、と思ったから……。

このおせいさんの言葉は『田辺聖子の味三昧』に載っていたもので、そこには、モリの

つくるイワシの生姜煮《しょうがに》のレシピも載っています。

前置きはこのくらいにして、お料理小説からこんな部分をご紹介。

近くの市場で、私はコチとイワシを買い、コチはちり鍋ふうに、イワシは生姜で煮つけて、そのあとのおつゆで、おからをたくことにする。酒と生姜で煮《た》いたイワシは、熱いごはんのオカズにしても美味しいし、酒の肴にも合う。おからは……油揚とにんじんをこまかく刻んで、だしで煮いておく。胡麻油でいためたおからに、それらを混ぜ合せ、イワシの煮汁を入れて練り上げる。これに葱のみじん切り、紅生姜の千切り、山椒の佃煮をぱらりとふりかけたのほど、美味しいものがこの世にあろうか。——と、レオはいうのである。

このまま続けて引用部分を書いてられないほど、イワシ食べたくなっちゃいました。あと、絶対おから必要ね。この煮汁利用の流れはしたことなかったなぁ……。

何度も読んでる小説で、結末まで知っているけれど、ふたりの愛ある食い気には、当てられっぱなしのナカヤマなのでした。

おせいさん流お好み焼き

『田辺聖子の味三昧』に、ドキュメントとして詳しく載っているのが「これぞまさしく大阪の味」であるお好み焼きです。

関東人の私ですが、関西との親和性は昔からかなりのもので、たとえば阪神タイガースファン歴は60年。今はヤクルトスワローズの本拠地、神宮球場の近くに住んでいるため、神宮猛虎会に所属、いつだって三塁側に座ります。

おせいさんも歌子さんも、もちろん熱烈な阪神ファンですから、文中にけっこう懐かしい選手の名前やエピソードが出てきても「そうそう知ってる」。

そっちの話になると熱くなっちゃうので、本筋に戻します。

もうひとつの親和性は、やっぱり食べ物の好みです。

粉もん全般が好き、うどんなら関西風のだしを好む、串揚げラブ。

息子家族は仕事の関係で、大阪暮らしが長くなりました。

このところのモヤモヤさん発動で、しばらく大阪に行けてないんですけど、安くておいしいうどん屋さんや、あの粉もんや紅しょうがの棚が充実している格安スーパーに行きたいなぁ。

なかなかおせいさんのお好み焼きにたどりつかないぞ。

もとい、おせいさん流お好み焼きはふんわりタイプ、昼はそのまま昼食になったり、おやつになったり。夜はいうまでもなくビールのお供、「六甲《ろっこう》おろし」を思わず口ずさみたくなってきましたが、ここはつくり方のドキュメントまいります。

材料は、４人分です。

キャベツ４分の１個ざく切り　天かす１パック　豚薄切り肉（ばら肉か赤身）１００g　ちくわ２本あらみじん切り　山芋のすりおろし５㎝分　青ねぎ６〜７本　紅しょうが　焼きのりと青のり各少々　削りがつお２パック　小麦粉大さじ４　昆布とかつお節のだし汁カップ３　卵４個　塩少々　ウスターソースとお好み焼きソース各適量

つくり方については、せっかくおせいさん自らがつくっている様子が載っているので、イラストメインでご紹介したいと思います。

①昆布とかつお節のおだしでホットケーキくらいの堅さに小麦粉を溶いて
リボンつきエプロンかわいい
②溶いた粉を小ボウルに1人分とって
卵1個
山芋は小さじ1杯
③天かすと青ねぎちくわも入れます
④キャベツはひとつかみ熱した鉄板にジュッ！
手つきええやんか
⑤豚肉、紅しょうが、焼きのりをのせエイッと裏返す！
⑥ソースを刷毛で
青のりと削りがつおをたっぷり

俵型か三角か

モヤモヤさん発動で、あまり食欲もなく「食べたい」という気持ちがほぼなくなってしまったとき、唯一「食べられそう」だったのは、やっぱりおにぎりでした。

普段は、かなりきっちり角があるように三角ににぎって、お皿の上でもしっかり立っているのが好きなのですが、お弁当や重箱に入れるとなると、やっぱり俵型《たわらがた》かもなーんて考えていたときに、確か、その辺のことを書いた話があったなぁ……と思い出しました。

そうなると、気になって仕方ない私。

とにかく、おせいさんの小説にはどこにもおいしそうな場面が出てくるから、そう簡単には見つからないかも。

ところが、親切な本があったことを思い出しました。

『まいにち薔薇いろ　田辺聖子　A to Z』（集英社）の中に、おにぎりの写真が載ってて、小説の引用もあったような。

おっ、ありました。Rのレシピのところです。そうかそうか、『お目にかかれて満足です』の中だったか。

主人公のるみ子さん、お料理好きで手芸好き。夫とふたり、神戸は山の手の古い洋館に暮らしている主婦ですが、彼女のつくる小物やニットが評判となり、自宅を改装してお店を開くことになります。

すごく憧れたるみ子さんの暮らしですが、ここはおにぎりの形の話でしたね。

「おにぎりは俵型にする？　三角？」

「どっちでもいい。おまかせ」

「それはいけませんよ。内閣総理大臣を誰にするか、という問題ならどっちでもいいけど、お弁当のおにぎりを、俵に結ぶか三角に結ぶか、というのは重大問題ですから」

「そうですな、では俵型」

えーっ、私がさっき書いた俵と三角のこと、以前からこれに影響されてたのかな。

おせいさんの「食い気」小説、恐るべし！

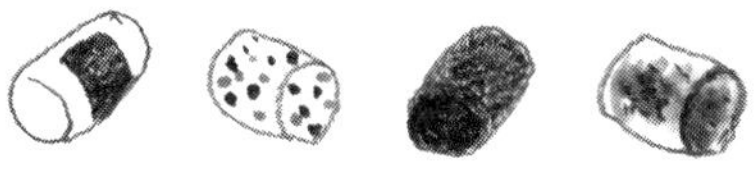

やっぱり、飲んでた

ここまで書いて、またまたふと思い出したんです。

それは、おせいさんの小説の中で、確かおにぎりを酒の肴《さかな》にして飲むのが好きな男の人が出てくる話があったなぁ……ということ。

たぶん私が持っているおせいさんの短編の中に収録されているはずだけど。

情報はそれだけ。

目の前にズラリと並べた本たちの背表紙に書かれた文字を嘗《な》め回していると、「これかも」の単行本が目に入りました。

これだな、この中のどれかの話だ！

本の題名は『週末の鬱金香』（中央公論社）。

どの短編にも、難読漢字クイズ並みのタイトルがついています。実際には、すべてルビが振ってありますが、せっかくなのでクイズ風にご紹介。

冬の音匣——↓おるごおる（乙女チックでおせいさんぽい）
夜の香雪蘭——↓フリージア（まったく読めませんでした）
卯月鳥のゆくえ——↓ほととぎす（えーっ不如帰じゃないのもあるんだ！）
篝火草の窓——↓シクラメン（かがり火の草でシクラメンか……）
雨の草珊瑚——↓くささんご（これは読めたけど、くささんごって何？）
週末の鬱金香——↓チューリップ（これも読めました、ちょっと「ドヤ」顔）

これらのどこかに、おにぎりで酒を飲む（たぶん中年）男が出てくるはずなんだけれど、その前にくささんご、気になります。

で、さっそく調べたら、へーッ「千両」の別名なんだ。ちなみに、万両とは科目が違ってて、千両はセンリョウ科、枝の先端に実がつき、万両はサクラソウ科で葉の下側にやや大きめの実がつくとか。勉強になりました。

そろそろ難読漢字クイズじゃなくて、見つけなくちゃ「おにぎりオジサン」。パラパラとめくっていくと、どれも味わいがあって読み返したくなるけれど、ここはおにぎり探し。

お待たせしました。見つけました。

『夜の香雪蘭』に登場する石田さん、60歳でした。

ヒロインの左以子は58歳、石田の亡妻は彼女の従姉にあたり、三回忌の法事で久々に会ったあと石田から電話があり、話の流れで左以子の家に来ることになりました。

お皿がいくつも並ぶリビングの椅子に座った石田との話は「コロッケは上等のんは肉が多すぎていかん」とか「ええ匂い、せぇへん？」の正体が、「お。この花か。フリージアやな」だったりと、他愛ないようなんだけど、ふたりの間に漂う空気と探していたシーンの登場に少しばかりドキドキする私。

石田は天然水の瓶づめを二本と、氷入れのバケツ型ガラス鉢を持って席へ帰ってきた。

それにしても今夜の酒はなんでこう、旨いのか。

「石田さん」

「何ですか」

——何ですか、といわれると答えられなくて、

「あのう、キッチンに小さいおにぎり、つくってます。おなかすいたら、あがってね」

「いま食べてもええやろか」

「どうぞ」

「おにぎり、肴に飲むのん、好きやねん」

石田は上機嫌で、おにぎりの皿を持ってきた。

レコードが停まったので、雨音が耳につき、フリージアの匂いがいよいよ強くなる。

いやー、このシーンのおにぎりを私の記憶に刻みつけたおせいさんの筆力に、脱帽です。

まだまだ紹介したい料理たち

紹介したい料理が多すぎてキリがないから、今の私の「食い気」センサーにピピピッときて、真似っこしたことがあるものの中からベスト5にしぼってみることにしました。カッコ内は私の寸評？

まずは、

第5位
ハモきゅう　『性分でんねん』より
焼いたハモの皮を細切りにして、薄い輪切りのきゅうりの塩もみと和える。
味つけは、酢大さじ2　砂糖大さじ1　塩と酒各小さじ2分の1　うまみ調味料少々
（さっぱりしてておいしい。ハモのじょうずな活用は関西在住のおせいさんならでは）

第4位
高菜のチャーハン　『手づくり夢絵本』より
高菜の漬物は水洗いしてみじん切りにしておく。中華鍋でいり卵をつくって取り出し、豚肉のせん切りとご飯を炒め、パラパラになったら高菜といり卵を加え、こしょう、しょうゆで味つけする。小口切りの万能ねぎといり白ごまを入れて軽くまぜる。
（高菜の塩分が食欲をそそります。薬味の使い方が絶妙）

第3位
山椒豆腐　『女の中年かるた』より

2分の1丁の木綿豆腐の中央に、スプーンで丸いくぼみをつけ、ここに山椒の実の佃煮大さじ1、青じそ2枚のせん切り、おろししょうがの3種を盛りつける。
（絹ごし派だった私が木綿に宗旨替えした一品。山椒の実メインで、しそとしょうがを引き立て役にします）

第2位
鯛茶漬け　『不倫は家庭の常備薬』より
刺身よりやや薄切りの鯛を熱いご飯の上に並べ、しょうゆを少しかけて蓋《ふた》をする。食べるときに刻みのり、おろしわさびを添え、お茶か、吸い物程度に味つけしただし汁をかける。
（母が愛用していた蓋つきのご飯茶碗にぴったりで嬉しい。味は？　おいしくないはずありませんよね）

第1位
豪華うどんすき　『お目にかかれて満足です』より
4人分で、太めんのゆでうどん2玉、はまぐり、海老、生しいたけ各4

鶏胸肉1枚、春菊と三つ葉各1わ、長ねぎ3本、生ゆば1本、京にんじん半分。煮汁は、塩大さじ1、しょうゆ小さじ2、みりん大さじ2、だし汁カップ6、すだち適量

長ねぎは斜め切り、しいたけは石づきを取り、ゆば、鶏肉はひと口大、にんじんは花型で抜き、茹でておく。

鍋に煮汁適量を入れて、沸騰したら好みの材料をどうぞ！　小鉢にとり、汁をたっぷりはって好みですだちを搾ります。

（こしのある太めのうどんがぴったり。おしゃべりをしつつ、煮汁が少なくなったら鍋奉行が足しながら食すと、より一層盛り上がってよろしい）

もう、おなかいっぱいというか、おなかペコペコというか。

それにしても結局、酒のつまみになりそうなものか、締めに食べたいもの……という感じのチョイスでしたね。

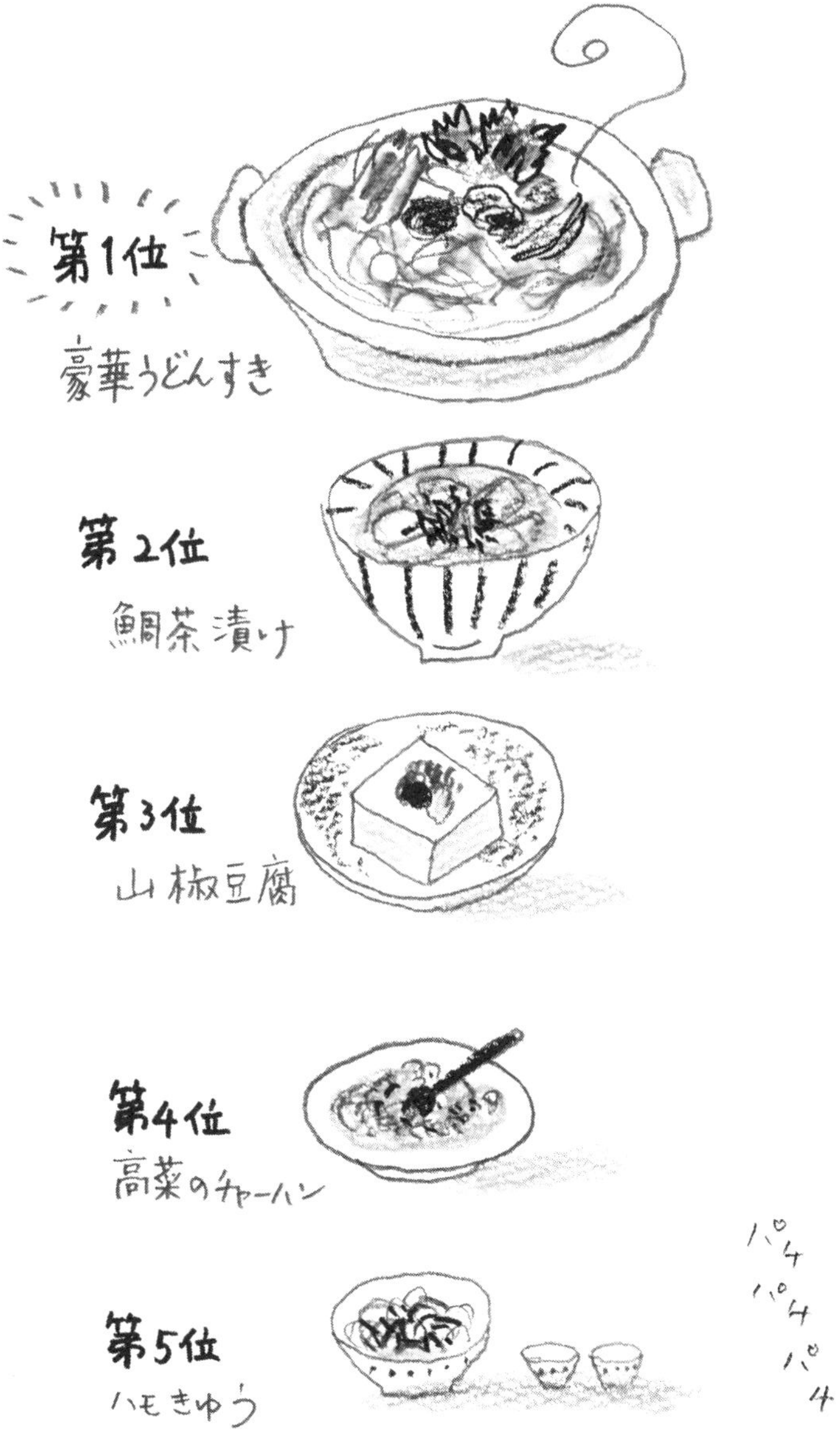
第1位
豪華うどんすき
第2位
鯛茶漬け
第3位
山椒豆腐
第4位
高菜のチャーハン
第5位
ハモきゅう
パクパクパク

「とりあえずお昼」

おせいさんとカモカのおっちゃんは、唯一無二のコンビだと思っているのですが、その結婚生活はなかなかに一筋縄ではいかないものだったと推察します。

昭和39年9月のこと、おせいさんは神戸に住む女流作家で友人の川野彰子《かわのしょうこ》さんの葬儀に参列し、亡き人の夫である開業医の川野純夫《すみお》さんにはじめて会います。その後、おせいさんが神戸新聞に書いた故人を偲《しの》ぶコラムに感動した川野氏が、おせいさんの自宅を訪問。芥川賞を受賞したばかりのおせいさんは忙しく、つい無愛想な応対をしてしまいますが、さすがは（のちの）おっちゃん、3日後に再びやってきて「死んだら何もならへんよ」とビタミン剤を注射してくれ、ドライブに誘ったのでした。

波長が合って話も弾《はず》むし、何より一緒に飲む時間が楽しい。

そして、昭和41年2月に結婚式を挙げることになりました。おっちゃん42歳、おせいさん37歳のときでした。姓が変わるのは邪魔くさいと籍は入れない事実婚、それは大した問題ではないけれど、おっちゃんは４人の子どもと老父母、弟妹、叔母に看護婦（今なら看護師と表記すべきでしょうが、時代背景からして当時のママということにさせてください）の大所帯の主でした。

最初の２年ほどは別居婚でしたが、舅《しゅうと》が亡くなったのを機に同居、薬局の隅に仕事場をつくって執筆、家事、子育てに追われる日々を過ごすことになりました。

そんなある日のできごと、ここからは『女のイイ顔』（中央公論新社）の中から、おせいさん自身に語っていただきます。

夫と二人でいくら考えてみても、どうしていいかわからない。

「とりあえず、お昼にしない？」

というと、夫も、（それどころではない！）というような男ではないから助かる。

高橋孟画伯
描くところの
おっちゃんとおせいさん

「そうや、めしにしよう！」

と叫ぶ。

「心配してもしようない」

そして二人でたっぷりと食事をとる。心配ごとと食欲は別である。

食事をしてしまうと気が大きくなり、楽観的にものごとを考えたくなってくる。

「そのうち、ひょっこり戻ってくるわよ」

「金がないようになったら帰るやろ、あのアホが」

「だけど、とりあえず警察へ届けときましょうか？」

「うむ。届けるのに判コか何か要るのかな」

「さあ。今まで誰も家出なんかしたことないから分らない」

「写真は持っていこう」

「どこへアルバム置いてるのかな。……これじゃいけない？」

「そんな幼稚園のときの写真、どないすんねん。いま高校生やないか」

それは下の男の子が家出のまねごとをしたときのことであった。

このエピソードだけでも、子どもたちのトラブルや身内のもめごとがどんだけ多かったであろうか想像がつきますが、おせいさん、こう言い切ります。

思いつめてしまうと食事をとるのも忘れてしまう。カッカとしてこの道はゆきどまり、とつい思いつめ、悲観的になる、そんなとき、

「とりあえずお昼にしよか」

というのが私は好き。

「とりあえずお昼」もすごくいいけれど、ラストの「私は好き」に、おせいさんのしなやかな強さを垣間《かいま》見た気がいたします。

以来、私も「とりあえずお昼」を座右の銘とし、実践していることを記して、第2章のまとめといたしま〜す。

第3章

メッキがはげても
今あるものを愛する

あっ、同じだ！

私が旅先で最初に買った箸《はしお》置きのことを、前作『70歳からのおしゃれ生活』でお話しさせてもらいました。

そちらを読んでいただければたいへん嬉しいですが、とりあえず簡単に説明すると、夫と旅行中に有田《ありた》焼《やき》の窯元《かまもと》で壺《つぼ》に夢中になって置いていかれそうになり、とっさに南蛮人《なんばんじん》の絵柄の箸置きを買ったというエピソードでございます。

以来、旅先で買うお土産は箸置きになったという流れの文章なんですが、そこ（98ページでーす）に、横向きの南蛮人が描かれた箸置きのイラストを添えました。

最初は5個セットの木箱入りで、南蛮人たちのポーズもみんな違っていて、どれもお気に入りだったんですが、今や残っている南蛮人はわずかふたり。

言いわけをさせてもらえば、大好きなので何かと出番が多く、割れてしまった南蛮人がひとり。かつ小さいから洗い物のときに生ごみに紛れてしまったのでは、と思われる南蛮人がふたり……。

まあ、今は夫とふたり暮らしなので2個あれば事足りるのですが、どこかで「ごめんね」という気持ちがなくはない私でした。

それがですね、『田辺聖子の味三昧』の「器の楽しみ」というコーナーに、南蛮人たちが写っているのを発見、「あっ、同じだ！」とつい声にしてしまった次第です。

もう嬉しくて、はるか昔に私を窯元に置いていきそうになった夫に「見て見て」と。

いやーこんな偶然、もしかして普段はいけずなモヤモヤさんが「たまには、こんなんもええがな」と仕掛けてくれたん？

ともかく、今残っている南蛮人ふたり、落とさないように大切に扱い、かつ洗うときにも細心の注意をして、これからも彼らと一緒に食事をしたいと思っています。

南蛮人集う

おせいさんの

箸枕

喋ってるふたりは双子？
同じ図柄でした

ナカヤマの

箸置き

箸置きと箸枕

『田辺聖子の味三昧』には、南蛮人たちの写真の隣に『手づくり夢絵本』からの引用が載っており、

箸枕の道楽は中々止まりません。わりに手軽に買えるし、また、次々とすてきなのにめぐりあうものですから。（中略）
私はお客さまを迎えるときは、お盆にとりどりの箸枕をのせて、お好きなのを取って頂くことにしています。

うんうん、共感。私も旅先だけでなく、デパートなどの器コーナーに行くと、小さいから荷物にもならないしお値段も手頃、かわいいのや季節ならではのものも……と、時々のめぐりあいを楽しんでいるわけです。

おせいさんは箸置きといわず、箸枕っていうのが好みのよう。私のボキャブラリーの中に「箸枕《はしまくら》」はなかったので、とても印象に残りました。

ついては、箸置きより箸枕という一文をどこかのエッセイで読んだ気がするのですが、思い出せないし、いくつかの本のページをパラパラしても見つからない。

そして今日の私、続けて見つける気力がなくなってしまいました。

まあ、これはモヤモヤさんのせいでなく、100パーセント自分のせいなんですが、実は昨日、少々ショックなことがあり、おせいさん本の薔薇《ばら》色《いろ》コーナーを目の前にしても、私自身はどんよりゾーンに停滞中。

あっ、結果は信じられないくらい「ラッキー」だったんです。

でも、自分のうかつさがどうにもね。

簡単にお話しすると、地下鉄の最寄り駅でスイカにチャージした際、そこにお財布を置きっぱなしにしたであろうことに、デパ地下で買い物する瞬間まで気づかなかった！というボケボケ・ナカヤマなのでした。

何度バッグの中をさぐってもない！

しかし、幸いなことに娘も一緒にいたので、すぐにチャージした駅の遺失物係に連絡を取ってくれました。まあ、電話がつながるまで10分ちょっとくらいだったかな、あまりに驚いたのと、カード類を止めなきゃ、何が入ってたっけ、これが70の現実か……と考えているうちに眩暈《めまい》が。

娘は電波のいい場所を探しながら電話中なので、受付係の女性に、「ちょっと体調悪いので、椅子があったら貸してください」と弱々しく頼みました。すると「医務室にご案内しましょうか」と親切にいってくれ、「あっ、すぐそこに家族がいるから、座ればいいので」と。

椅子でぐったりしていると、娘がそばにやってきて「絶対大丈夫、私もこの前もっと混んでる場所でお財布なくしたけど、無事に戻ってきたから」と、経験者あるある的に励ましてくれるうちに、ようやく係につながった様子。

「あっ、ありましたか？　ありがとうございます。母の財布なんですが、家族とわかるもの持って父がそちらに伺います」の声。

娘は、即座に夫に電話して「『はい、了解』だって」。

いやー、よかったです。

心配してくれた受付嬢にも、お礼がてら「ことのなりゆき」を話して、椅子を返し、現金もカードもないから、（チャージした）スイカでお詫びに娘ん家の分のお惣菜も買って、そそくさと家に戻ったのでした。

もちろん、自慢じゃないが今までにも落とし物も忘れ物もしたことはあります。でも、娘の場合もそうだったようですが、忙しくて寝不足だったり、一度にいくつもの用事をこなし中というシチュエーションでの忘れ物でした。

それが、昨日の私はめっちゃお気楽。おいしいお昼のパンと夜用に何か、近くに住む娘も知り合いにちょっとしたお菓子を買いたいから一緒に行こうという話になり、最寄り駅にふたりでGO！

そうか、お気楽すぎたのか。

きっと、久しぶりの浮揚感が招いたことね。

書いているうちに、ようやく薄日が射してきた気分。

で、気を取り直し、本を探すのはひとまず置いとくことにして、おせいさんが箸枕を好む理由を私なりに推理してみました。

要は、箸置きという言葉はわかりやすくて一般的だけれどやや直接的。それにくらべて箸枕は、語感も字面もやさしいはんなりしたイメージで、古典への造詣《ぞうけい》や愛が深いおせいさんならではのチョイスであろう、ということです。

いずれ「箸枕」が好きだと書いたエッセイがめでたく見つかったら、そのときにはちゃんとご報告しますね。

メッキがはげてから

俳句の素養はまったくない私、特に季語がすっと入ってこない野暮天《やぼてん》ですが、五七五の言葉のリズムそのものはとても好き。

だから、川柳ぽいものにとても共感します。

タイトルは『楽老抄』(集英社)、その帯に書かれた五七五大好き！

老いぬれば　メッキもはげて　生きやすし

財布を最寄り駅に置き忘れ、買い物するまで気づかず、ヨロヨロと倒れそうになった私には、しみましたー。そうかそうか、長年使いこんできた自分、あちこちメッキもはがれるよねー。

娘が頼りになったのも、受付の人がやさしいのも、駅の係の人が親切だったのも、みんなメッキがはげてきた70歳だからの特典なのかもねー。

そう考えると、それにすべて甘える気はないけれど、メッキがはげてラクになるところは確かにあって、使いこんできた自分を否定せずにうまくつきあえるかもな、と思わせてくれ、これも「年をとったおかげ」なんでしょうね。

さて最初に紹介した『人生は、だましだまし』には、こんな古川柳《こせんりゅう》も載ってましたっけ。

泣き泣きも　よいほうをとる　形見分け

シニカルだけど、こういう心情がしみじみわかる年になりました。

今あるものを愛する、というのがこの第3章のテーマで、基本はここまで長くつきあってきた品々について書こうと思っていたんですけど、昨日のメッキがはげた自分の姿をふりかえると、うーんモノだけにこだわらず、今書きたいことを心の赴《おもむ》くままに書こうと。

さてと、先の古川柳じゃないけれど「これとこれのどちらかあげる」と友人にいわれれば、一瞬は遠慮したふりしても、そのメッキもすぐにはげて、自分にとってよいほうを取ったとしても全然オッケーってことじゃないですかね。

追憶のグランパパ

今住んでいる家は、小ぶりの3階建てなんですが、1階が夫と私の仕事場になっています。その一隅に、しばらく前までちょっと仕事用の他のものたちとは雰囲気が異なるものが置いてありました。

それは、ドールハウス。

住んでる家は小ぶりなのに、ドールハウスとしては大きめな2階建てで屋上つき、木造でドイツ製。立派なもんです。

これを買ったときの私は40代、当時小学生だった娘へ……という体裁を一応取っていたけれど、私自身が好きになりすぎて「ねえ、欲しい?」と聞いたわけです。そりゃ、娘はシルバニアファミリー・ドンピシャ世代ですから、欲しくないわけがないよね。

で、お店の人が家（当時は今の自宅からそう遠くない場所の借家暮らし）まで、台車で運んでくれたのでした。

そのお店の名前は「グランパパ」、今は亡き名優、津川雅彦《つがわまさひこ》さんが経営されていた、それはそれは夢のように素敵なおもちゃ屋さんでした。

なつかしいなぁ……。

今の時代、グランパパで検索すれば、私の中ではおぼろげになっていたこともすぐにわかります。

まず、創業が１９７８年だったこと。74年に生まれた娘さんのためにドイツから木のおしゃぶりを取り寄せたのがお店を始めるきっかけだったこと。バブルもあって一時は全国に店舗展開していたこともあったようですが、負債を抱える形になり、支援企業のおかげで倒産は免れたものの津川さんは経営からは退くことに。紆余曲折《うよきょくせつ》あって現在は、実店舗はなくオンラインでの販売が続いているようです。

小学生の娘と毎週のように通っていた、青山ツインタワー内のグランパパ青山本店は、２００８年9月20日に閉じられ表参道に移転しました。向かいに本屋さんもあって、その2店を訪れるのが本当に楽しみだったのですが、しばらくは寂しくて本屋さんにも行く気になれませんでした。

おせいさんのドールハウス

娘がおままごとをする年齢を過ぎても、ずっとわが家にいたドールハウス、その後の引っ越しで随分ものを処分したけれど、これはどうしても捨てることができませんでした。息子のところの孫娘が遊ぶかも……と思ったこともありますが、彼女はあまり興味がないようでした。まあ、もう埃《ほこり》かぶってたし、家具や細々した調度品はブリキの缶に入れてしまってあったので、ウキウキするような雰囲気はなかったかも。

以来1階作業場の一隅で不遇なときを過ごしていたドールハウス。

そんなとき、1996年発刊の『手のなかの虹』(文化出版局)の中に、こんな一文とかわいい3階建てドールハウスの写真を発見。

私がドールハウスに心惹かれたのはもう、十なん年前になる。何かで写真をみたのだ。東京・青山のお店で実物のドールハウスをみて、(あっ)と思った。その頃はまだ少な

かった。すぐ買った。内部《なか》の家具調度や人形込みであった。

えっ、このお店、絶対グランパパだよね！
まさか、おせいさんと同じ店で種類は違うけれど、ドールハウスを買ってたなんて！
南蛮人といい、もしかして好み似ている？
本によると、その後もおせいさんのドールハウス好きはいよいよ嵩《こう》じて、家を建てるときにつくりつけのドールハウスを壁にしつらえることにしたのでした。

それを設計家や大工さんに説明するのが大変だった。持っているドールハウスをみせ、こんな大がかりな家でなく、一部屋だけを再現したいこと、つまり壁のなかにべつの空間（部屋の中の部屋）をつくりたいこと、などという希望をのべたのだが、設計家も大工さんも男性だから、なんでそんなものが必要か、何とも理解に苦しんだらしい。

部屋の中の部屋、いいなぁー。もちろん、その写真も載っているので、キャビネットタイプのそのドールハウスを穴があくほど眺めた私なのでした。

ドールハウスは今どこに？

出番がないまま時が過ぎたわが家のドールハウス、今は娘の家にあります。

「あら、今度は遊んでくれるお孫さん、よかったじゃない」とやさしい読者の方はいってくださるでしょう。

そうなんです！

ところが「これ、欲しい」といってくれた（当時、幼稚園の年長さんの）孫は、男の子。

いやー、予想外！

もともとの持ち主の娘も「まさか欲しがるとは」とビックリしていました。

それはそれとして、せっかく遊びたいという人物が現れたわけなので、気が変わらないうちにと半日かけて埃や汚れを落とし、ぐらぐらしている箇所は接着剤で固定しなおし、ブリキ缶の中の細々したものも全部二度拭きしてレイアウトしてみると、すっかりキラキラ感を取り戻しました。

（幸いグランパパとかつての借家より、距離は短いので）娘たちが住むマンションの台車を借りて、ふたりで運んだのですが、こんな展開になるなんてねーと思わず顔を見合わせてしまいました。

驚いたことに、彼の幼稚園の親友もドールハウス大好き男子で、ふたりのテンションたるや相当のものだったようです。

私はふたりの遊びっぷりをライブで見たわけじゃないけれど、ドールハウスの屋上は遊園地になり、周りには地下鉄や路線バスが走り、恐竜も出現し……だったとか。

まあ、こんな遊び方もできるわけね。

女の子のメルヘン玩具のひとつだと思いこんでいたけれど、ジオラマ的に街の情景の一部として活用する、子どもの発想の豊かさに感心しました。

というわけで、これを取っておいて本当によかった！というお話でした。

インドア派の師匠

基本、マッチ箱的3階建ての中にいる日々を過ごしています。
まあ、ここ数年はコロナからの体調不良だったからなおさらだけど、もともとインドア派なのは間違いなく、マッチ箱の中で勝手におせいさんをインドア派の師匠、と思って暮らしてきました。
たとえば『手の中の虹』の出だし。

ほとんど居職《いじょく》というべき私は、あまり外出しない。取材旅行もしないではないけれど、二泊すればそそくさと帰宅してしまう。

そんなおせいさんも、若いころには半月、20日の海外旅行もしたけれど、この本を書かれている時点ではもう2泊がせいぜいとのことで、「そうそう2泊で十分」と大きく頷《うなず》くインドア・ナカヤマなのでした。

続いて『乗り換えの多い旅』の出だし。

私の仕事の一つに、新聞・雑誌を切りぬきして、スクラップブックに貼るということがある。これは中々楽しい作業でもあって、たくさんたまった切り抜きを分類して貼りつけながら、もう一度読み直したりするのは、仕事の息抜きにもちょうどいい。

高校受験の勉強するふりしてグループサウンズ（主にジュリーね）の切り抜きスクラップに始まり、大人になっても興味のおもむくままにスクラップをつくりつづけてきた私も、切り抜き──↓分類──↓貼付《ちょうふ》──↓見返す、のプロセスを今も楽しんでおります。

強いて分類すれば、取材系インドア派？

いずれ文字に落とせるかもしれないネタを、あまり動き回らずに集められたらそれにこしたことはない……という意味でも、新聞の社会面の切り抜き記事から思いつくことが多いと書かれているおせいさんは、やっぱり取材系インドア派の師匠といえるでしょう。

見つかりましたよ！

スクラップのことを書いていたら、すっかり横道にそれ、本当に雑誌の切り抜きの箱を広げて「あっ、これ懐かしい」とか「もうこういうファッションは卒業かな」などと呟《つぶや》きながら、そっちの人になってしまいました。

そっちの人とは、仕事の息抜きのはずが、本来の仕事を忘れてそっちに没頭しちゃう人のこと。

もうこれは夕食の準備時間までやめないな、と推測。

それがですね、パソコンの前に戻ってこられたのは何故?という話になるのですが、なんと「箸枕」の一文を見つけたのです。

本から見つからないのは、当たり前。

（好みである点だけは共通しているけれど）ありとあらゆるジャンルの切り抜きがまだ分類

されずに入っている箱に、その一文が載った見開きページは紛れこんでいたのでした。

切り抜きだから、出典はわかりません。

ただ、「特集　時間貴族の家遊び」というタイトルがついていて『手のなかの虹』からの写真が掲載されているので、同じ文化出版局の「ミセス」でしょうかね。

前作『70歳からのおしゃれ生活』でも、子どものころから「ミセス」が大好きで、その後の自分に大きな影響を与えたことにふれました。多分、本棚のスペースの関係で「ミセス」本体を全部取っておけなくなった際に「ここだけは」と切り抜いて、切り抜いたことで安心して、箱の奥のほうにひっそりと休ませていたんでしょう。

しかし、息抜きや横道にそれるのも、いいことあるんだな、の心境。

せっかく、私のところに帰ってきてくれたこの見開きページから、どうしてここを捨てられなかったかがわかる部分を抜粋しますので、どうかお読みくださいませ。カッコ内は、またまた私の呟き、お許しを。

特集のタイトルとは別に、おせいさんのエッセイには「幸福な時間」という見出しもついています。冒頭は……

私は家にいるのが好きだ。

（待ってました、インドア派師匠のご降臨）

私は居職なので、外出しない日常だから、家の中の雰囲気が変るのはとてもうれしい。〈家族〉の一員である〈ぬいぐるみ〉たちの居場所を、ああでもない、こうでもない、と考える。

（はいはい、この後スヌーたちのこともぜひ書かせていただきまーす）

食器の入れかえ、箸枕（箸置き、という言葉より箸枕のほうがいい）も、季節に応じたものを出し、棚の置物も変えてみたり。

（あったー、見つけましたよ。ここだった！）

更に、お楽しみの時間にはあらかじめ（今日は何々をしよう！）と意気込むのも野暮である。

（確かに、大いに納得）

その他、壁の額のかけかえや、空き箱にデコレーション、バッグにビーズをつける、椅子に座り詩集・句集をめくりつつ、ゆるやかな眠りに……なども紹介されていて、どれも「幸福な時間」だと頷きつつ、締めの一文にやられました。やっぱりおせいさんはインドア派の師匠、間違いなしです。

かくて何程のこともせぬうちに黄金のときは終了。しかし、何をしたのかしら、と思うほど幸福な時間はないのであろう。

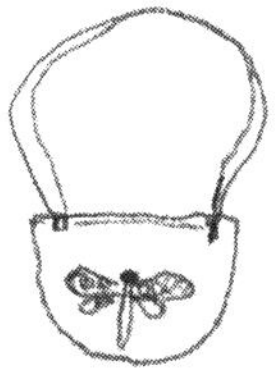

ヌイグルミとスヌー

引っ越しの際にドールハウスは捨てなかったものの、泣く泣く手放したのがテディベアをメインとするかなりの数のヌイグルミたちでした。こう書いていても、チクッと何か胸に刺さる気がするくらい、つらい別れでした。

この体験を通して、ヌイグルミを買うことができなくなりました。

結局、何体かの「洗える子」だけは残すことができたんですが、アンティークとして飾ることもできず、いつのまにか細かな埃をまとってくしゃみや痒《かゆ》みを呼ぶようになってしまった子たちとのお別れは、相当に堪《こた》えたなぁ。

だから、おせいさんの部屋の写真を見ると、少しばかりつらいです。

ミニマリストにはほど遠いですが、モノは少なくしていくつもりの暮らしなのに捨てたくないタチだから、新たなモノをできる限り迎えない（買わない）ようにしています。

ヌイグルミ的なモコモコがどうしても欲しいときは、小さいキイホルダーとか。

キャラクターが気に入っちゃったときは、シールでガマン。

70にして、こんなルールをつくっている私なので、おせいさんのヌイグルミたち、特に長男で特大のスヌーピー「アンリ・ド・スヌー」とソファで寛《くつろ》ぐツーショットなんか見ると、うっとりしちゃいます。

そんなに自分が実用的な人間とは思っていないけれど、ここまで大きなヌイグルミが部屋にいたら癒《いや》されるものの、場所をとるしメンテナンスがたいへん！が脳裏に浮かぶわけで、おせいさんのおおらかさが心底羨《うらや》ましいです。

いやいや、おおらかさだけじゃないんだよね。よく絵描きやファッションデザイナーがミューズとか、発想の泉とかいう存在を持っている話を聞くけれど、スヌーたちヌイグルミは、おせいさんにとってまさにそのくらい大事な存在なんです。

『猫なで日記』にこんな一文が。

アンリ・ド・スヌーはウチへきたときは体が大きいばかりで幼稚で無邪気なコドモであった。しかし次々と新しくやってくるコドモたちによって順送りに長男にされ、そうなると根がマジメなだけに責任感を強いられるらしく、弟たちをとりまとめるのに必死である。

かつ、ナマケモノの私を督促して、仕事させねばならぬという義務感にふるい立っている。


そうか、私がエッセイは何とか書けるけれど、小説はからっきしダメなのは、こういう類の発想や想像力に欠けるところなのかもしれません。

ちなみに、ドールハウスにはあまり興味がなかったらしい（大阪に住む）孫娘は、ずーっとスヌーピー好き。

私の本も以前から読んでくれている読書好きな彼女は、今や高校生ですが、夏休みにやってきたときには、ふたりで表参道のキデイランドのスヌーピーコーナーや、原宿駅にほど近いスヌーピーカフェに行ってきました。

彼女も「もうヌイグルミをこれ以上増やすのはちょっと」というので、ふたりとも気に入った絵柄のシールを選び、半分分けにした次第。

そうそう、おせいさんもシール好きなんです。

もし、３人でスヌーのシールを選べたら、めっちゃ楽しかっただろうなぁ。

私が空想できるのは、こんな感じ、やっぱり小説は書けそうもないですね。

田辺家の長男
スヌーと"おばたん"
こと
おせいさん
スヌーの大きさが
よくわかる
2ショット
です

手持ちの札で勝負

今回孫娘と過ごした6泊7日のおかげで、やや病後感が残っていた私も、現場感を取り戻しました。

映えスポットへふたりで出かけたのももちろんよかったけれど、夕食後にじじこと夫も交えて3人でやった花札大会が盛り上がり、三連チャン。一日目は孫娘が一番勝ちで私が惨敗、二日目はじじが大勝ちし、三日目にようやくばばにもツキが回ってきて、結局全員が1回ずつ勝利したところで、今回の花札大会は終了。決勝は、冬休みに持ち越すことになりました。

今どきの子でも、こういうアナログも楽しんでくれて嬉しかったなぁとふりかえりつつ、おせいさんのこんな金言を思い出しました。

日々少なくなるカードを切り直し切り直し、手持ちのカードだけで何とかやりくりするほうがよい。

強いていうなら「日々少なくなる手持ちカードだけで、人生の勝負をたのしむ派」になればいいなと思っている。

『乗り換えの多い旅』より

まあ、花札やっているときはもう超真剣で、そんな悟りテイストの金言を思い浮かべてたわけじゃないけれど、70代夫婦のいつもの暮らしに戻り、1階の仕事場でパソコンに向かったら、おせいさんの言葉がふわっと浮かんできたという流れです。

手持ちの札が少なくても、やや地味めの取り合わせでも、それはそれでやりくりできる「おばあさんの知恵」もあり。

もちろん、歌子さんのように「地味なんてアカン」と、果敢に行くのも、それはそれでカッコいいし。

これまたおせいさんの金言を紹介してまとめることにすれば、

人間、あんまり本心に立ちかえってマジメになると、非常にやりにくい。適当にスイッチを切ったり入れたりすることも大切だ。適当に気楽にしよう。

『夜あけのさよなら』より

いやはや、こんなホンマモンのオトナになりたいものです。

第4章

過去をふりかえって思い出も愛する

懐かしさとのつきあい方

取材系インドア派にとって、思い出の品や紙モノとどう対していくかは、大きなテーマです。

昨今は、懐かしいモノも携帯で撮ってデジタル保存し、実物は処分。

確かに、これもひとつの賢い方法です。

しかし、思い出は「そのもの」にふれる時間を持つことで、より愛《いと》しい存在として成り立つ場合もあるからなぁ。

いつから、モノは捨てなさい！　少ないのがマルになったんだろう。

一方で、いつから店に行かず液晶の画面に並ぶ商品を気軽にポチッ！になったんだろう。

おせいさんや母の世代、いわゆる昭和一桁の女性たちは多感な娘時代に戦争を体験しています。だからこそ、モノに対して夢を感じ、それを自分のものにできた幸せな思い出とともに年齢を重ねた世代。

実際、次の世代の子どもは、モノがどんどん増えていく中で育ちました。

まさに、70代の私たちは、そんな子どもたちだったんですね。

たとえば、家にはじめてカラーテレビが入ったのは、１回目の東京オリンピックのちょっと前？だったかな。

冷蔵庫や車やピアノが、豊かさや幸せの形と思えたのは、テレビに映るアメリカのホームドラマの影響があったかもしれません。

「パパは何でも知っている」とか「名犬ラッシー」とか。

わが家も意外にミーハーだったのか、ラッシー似のコリーを飼ったりもしたけれど、端正な顔立ちに似合わず賢いとはいえなかったチェリー（名前はラッシーじゃなかった）は、迷犬になったまま戻らず。子どもの私には、かなり悲しい出来事でした。

当時のアメリカ家庭の女の子のクローゼットや着ているワンピースに憧《あこが》れて、母に縫ってもらったり、あまり布でかわいがっていたタミーちゃん（リカちゃんよりちょっと古い）の服をつくったり。

そうそう、自分の小さくなった靴下でタミーちゃんのセーターをつくったときは、「ヨウコはセンスがいいね」と褒《ほ》められたっけ。

いやー、そのころのことを話しはじめたら、2時間3時間はいけるかな。

歳月を経ても、やっぱりこのころの思い出はフルカラーで夢々《ゆめゆめ》しい。

この章では、『手のなかの虹』をはじめ、『一生、女の子』（講談社）や『楽天少女通ります』（日本経済新聞社）などからのエピソードやアドバイスを加えつつ、懐かしさや思い出と「ええ感じ」でつきあっていく方法など考えていこうかなと思っています。

過去をふりかえって何が悪い！

ある精神科の先生の本を読んでいたら、「人はもしかしたら『覚えていすぎ』なのかもしれませんね」という一文がありました。

その先生のおっしゃる通り、いやなこと、執着、行きすぎたこだわりや後悔などは、ほどよく忘れたほうがいいと思います。

とはいえ、最近よく目にする「過去をふりかえっても意味がない」「今だけを見よ」的な論調には、ちょっと納得できません。

だって、ここまでの自分が、今の自分をつくっている。

いやいや、ずーっと70年間、自分は自分だから。

過去とキッパリ決別することがカッコいいなんて、私は思わないな。何ならふりかえれる過去がドッサリあることを誇りに思っていい！　というスタンスを取りたいです。

何に向かって宣言しているのか、自分でもちょっとわからなくなっちゃったので、そこはおせいさんの言葉を借りて、私のこんな感じ、こんな感じ！というニュアンスを知っていただけたら……と思います。
「私の履歴書」というサブタイトルがついている『楽天少女通ります』の一章には、おせいさんの小学生時代までの思い出が語られていて、すごく楽しい。祖父の代からの写真館、ハイカラ好きの父親にかわいがられた聖子ちゃん、こんな感じ。

私はちぢれっ毛で、自分はそれがイヤであったが、うちの大人たちはシャーリイ・テンプルちゃんみたいや、と慰めた。これはそのころはやったアメリカ映画の天才子役だ。目と目の間がうんと離れ、大きい口を開けてすぐゲタゲタと笑う女の子で、私は、あった。本が好きで、一日じゅう本を読んでいても飽きず、また私のうちには若い衆（見習い技師）がいつも数人住み込みで働いていたので、この人たちのために、「キング」だか「講談倶楽部」だか取ってあった。若い叔父が二人、みな写真技師修行中で、叔父たちは「新青年」の読者である。若い叔母が二人、これは上のが堂ビルの花嫁学校へいき、下の叔母は女学生で、「新女苑」や「少女の友」がころがっていた。

もうこれ、田辺聖子、できてるやん！
おせいさんが、ふりかえってくれた懐かしい思い出、シェアできて幸せでーす。

袋を大きくする

大人になってから夢中になった海外テレビドラマも、もう懐かしレベルまで歳月が過ぎました。そんな中、ダントツの大人気シリーズは「刑事コロンボ」と「名探偵ポワロ」だと思っている私ですが、賛成してくださる方は多いと思います。

嬉しいことに、どちらも今でも観ることが可能。最近は（耳で聞き取りにくくなってきているせいもあり）たいていの海外モノは字幕メインだけれど、このふたつ（特にコロンボ）は、吹き替えじゃないと違和感ありありです。

最初に犯人によるいろいろな工作が示されるコロンボシリーズはもちろん、ポワロも何周目かの視聴でストーリーや犯人はわかっているのに、なんで繰り返し観るかというと、出てくる家のインテリアや庭やらが素敵すぎ！だから。

コロンボの場合、たいていが犯人（お金持ちや今でいうセレブ率高し）の家なんですが、レトロ具合もちょうどよい。

ということで、私にとって憧れのアメリカのインテリアをコロンボシリーズで、古きよき時代のイギリスの邸宅（こちらもひんぱんに惨劇の舞台になる）の設《しつら》えをポワロシリーズで堪能《たんのう》しています。

このようにお屋敷やプールつき豪邸を見てはうっとりしているとはいえ、実際の暮らしは「大きな家じゃなくていいや」な私。

これは、痩《や》せ我慢でもなんでもなく、実感なんですね。

大きな住空間となると、自分ひとりの手では管理しきれません。ポワロの時代は、まちがいなく住み込みのコックや庭師、何なら執事がドアを開けてくれるし、コロンボの時代でも、大きな家の住人はまだメイドや運転手を雇ってます。

素敵なインテリアは好きだけれど、そこにはあまり憧れない私。

まあ、経験がないからっていっちゃえばそれまでだけれど、自分の住む空間では、人に頼らず自分で好きな時間にコーヒー淹《い》れて、気ままに掃除したりチョコチョコ模様替えしたり花飾ったり。

だから、自分の身の丈に合ってるほうが快適で、大きなお屋敷は画面サイズの中に入って眺められれば十分！ということなんでしょう。もしかすると、事件が起こるドールハウス的位置づけかも。

いやいや、脱線するにもホドがあります。

いいたかったことは、「家は小さく、袋は大きく」なのでした。

『一生、女の子』は、インタビューや語り口調でまとめられているから、うんうん頷《うなず》きながら、おせいさんと語らってる感が心地よい一冊です。

そんななか、うんうんうんうんと強く頷いたところが、ここ。

いろんなことに臆病になるのは「持っている袋が小さいせいかもしらんね」と田辺さんは言った。

「人が持ってる袋はね、誰でも皆、始めは小っちゃいのよ。でもその中にいろんな考えが

入って、それでその人の人生が豊かになっていく。たくさんの人に出会って袋が膨《ふく》らんでいけば、何かにつまずいたときでも『待てよ、こういうのは前に見たことがあるな』とか、『ああ、誰それはこの人によう似とった』と思いついたりできるの。この世で生きることはすべてが解釈の仕方次第だから、中身をたくさんたくさん持ってて、ああも考えられる、こうも考えられるって人が生きやすいのね。それで、ぺしゃっとなったときに、人に頼らないで立ち直れるってことが大事です。発見があるから、人間社会は面白い。私のだって、まだまだ小っちゃいですよ」

住み慣れた小さい部屋で、「私も袋を、まだまだ大きくしたいな」と思ったというお話でした。

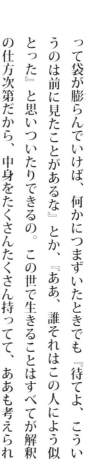

賞のない人生も悪くない

まあ、そんなに自慢できるほどに「成し遂げたこと」があるわけではない私です。

まず、賞と名のつくものには無縁の人生。

ずーっと遡《さかのぼ》れば、佳作とか銀賞とかくらいはあったかな。せいぜい、中学生くらいまでですかね。

正直、人生の途中で、賞が欲しい時期がなかったわけではない。

県立高校の美術教師だったころは、周りの美術の先生方が、いろいろと公募展とかに出してるのに、私はデザイン科出身のイラストレーター志望で、油彩は単位をとるために「さらった程度」だったから、ほぼ素人。

先生方の多くは、特に県展というのを重要視してて、そこで油彩の力作を出品。ベテランの先生は、すでに審査員レベルで、せめて県展で入賞くらいしたかったけれど、作風が軽すぎたらしく、「ナカヤマ先生は、もう少しひとつのテーマをしっかり追求したほうがいいですよ」なんてアドバイスもいただいちゃいました。

はっきりいって、かなり余計なお世話でしたね。

他校との交流もある、美術部の子たちの立場もあるから、指導者としてもうちょっと箔《はく》をつけたかった、正直それだけのことでした。

そののち、イラストだけでなく、文章を書く人生になるとは思わなかったけれど、そんなに興味がない油絵の公募展に精力を注がなかった自分に、「それでよし！」と今さらながら、いってあげたい。

芥川賞作家のおせいさんを持ち出すまでもないのですが、純文学に与えられる芥川賞をとったのに、大衆小説ですか？的なこともいわれた由《よし》。

しかし『楽天少女通ります』のこんな一文を読むと、そうね、自分が楽しければいいのよね。と、ちょっとだけ（特に公募展に関しては）意固地だった自分が癒《いや》されていくのがわかるのでした。

この時代は大衆小説ですら、情念の粘稠度《ねんちゅうど》のたかい、いうならべとべと、ねばねば小説が多かったので、私はもっとかるいユーモアを書きたかった。それにやはり〝物語〟こそ

私の地声で、〝純文学〟は裏声であった。地声で書く小説は楽しかった。

おせいさん、言ってくれました、おおきに！

私も、エッセイは地声なので、書いていてすごーく楽しいんです。

70歳は70点？

朝散歩に行ってきました。

早寝早起きの70歳です。

薬の副作用でつわり状態だったとき、横になっていても落ち着かず、部屋の中を「手負いの熊みたい」と自虐的《じぎゃくてき》になりながら、ノロノロ歩いていたことがありました。

しばらく部屋を行ったり来たりしているうちに、さすがに同じものが目に入るだけなので、外に出てみることに。知り合いに会っても、そつなく社交的な受け答えができる自信がなかったので、超早朝散歩でした。

おかげさまで、今は昼間に人に会っても「どうかされましたか？」と聞かれるほど憔悴《しょうすい》しているわけではないから、朝散歩も行ける時間に行く感じです。

そんな今朝、涼しくなってきたのもあって、いい感じで玄関を出ました。朝焼けも見えて、空気も澄んでいて素晴らしい。

そしたら、そうかおかげさまでやっと70点まで来たのか……という思いが、フーッと降りてきたんです。

今まで、そんなふうに考えたことはなかったけれど、「70歳は70点」と考えたら、すごく腑《ふ》に落ちた私。

この章では、思い出を愛していいし、過去をふりかえって何が悪い！を旗印に書いているわけですが、どこかで「無理してない？」とか「恥ずかしい過去とか思い出しちゃわない？」と横やりを入れる「邪魔しいナカヤマ」がいたのも事実。

ところがですね、歳を点に変換したら、めっちゃ気分が明るくなった。

だって、昔テストで60点台だったのに70点になったら、すごく嬉しかったから。

そう考えると「若気の至り」の過去も、まったく気にならずに愛おしめそう。

だって、20点台なんて「ほぼ何も理解できてない」わけだし、すっかり年取ったな……と思ってたアラフォーだって「何だ、まだ40点しか取れてなかったんだ」。

「その分、伸びしろもあったのね」と余裕で答える70点の私。

朝散歩のあと、こんな自分にとっての朗報を忘れないうちにパソコンに入れ、これから朝ごはんの準備、さすが70点台に乗せてきただけのことはありますね。

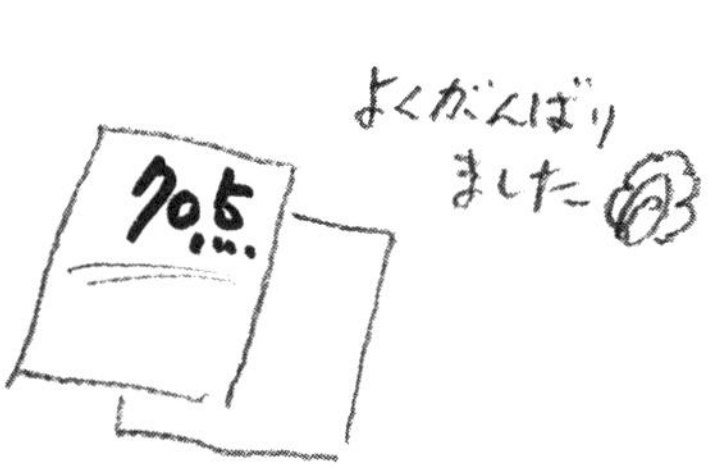

歳月がくれるもの

これ、そのままおせいさんの本のタイトルです。文春文庫。

インタビューをもとにした、聞き書きのエッセイなので、スヌーの隣にちょこんと座って、かわいらしい声で話しかけてくれるような雰囲気に包まれ、ホッとできる一冊です。

例のごとく、うんうんと私が大きく相槌《あいづち》を打った箇所をいくつか抜き出してみますね。


自分と相手は違う人間なのにそれに気がつかないふりをして、自分の思い通りにしてもらおうとするから疲れちゃう。全部が全部、思い通りになんていきませんよ。


いろんな言葉をふくよかに蓄えている人がほんまの大人。

可愛げもいいけど、かしこげもいいなあ。

過ぎたことはみんな、万々歳《ばんばんざい》。

好きなものには溺れなさい。
役に立つかどうかなんて後回しでいいから、とことん好きになって味わい尽くすこと。
憧れはその人を育てます。

その年代その年代の若さがあるのよ。

思い出すと口元がほころぶようないいこと、素敵なことを、いっぱいいっぱい集めて、いい匂いのする素敵な人になりましょう。

「ああ言ってあげればよかった」「こうすべきだった」と悔やむのは、若き日の一日のこと。
あとになってみれば「言わなくてよかった」「黙っててよかった」と思うことの方が多いものです。

「慣れるのは神様のお情け」という言葉があるんですよ。

若い頃は目の前のことに一生懸命だから、振り返るほどの思い出もまだそれほどなかったりする。季節のうつろいから感じるものがあるというのは、そういう意味では大人になってからの特権かもしれません。

そのときはわからなかったことが、今になってやっとわかったりする。歳月がくれるものがある。

70点台にようやく乗った私に、しみた「おせいさんの声」をお伝えしてみました。

18年ぶり、21年ぶり

昨夜、阪神タイガースが、18年ぶりのリーグ優勝を決めました。

ということで、この原稿を書いている日は特定できちゃうわけですが、２０２３年の9月15日。「いやー、おせいさん、歌子はん、岡田がやりましたよ」とご報告も兼ねて、他球団のファンの方や、プロ野球に興味がない方には申しわけないですけれど、ちょっとだけ書かせてください。

１９８５年、吉田監督時代、21年ぶりの優勝。

２００３年、星野監督時代、18年ぶり。

２００５年、(第一次)岡田監督時代、２年ぶり。

そして、２０２３年、再就任1年目の岡田監督のもと、18年ぶりの優勝となりました。

２００３年のときは、まだめっちゃ元気なオバはんだった私、ラッキーなことに友人経由でプラチナチケットを手に入れ、日本シリーズは甲子園まで遠征。横浜ファンなのにつきあってくれた夫は、球場での座る暇がない激しい応援や、阪神電車内の喧騒《けんそう》に若干、引き気味でしたけど、今でも「あのときはすごかったし、おもしろかったね」と。

毎年欠かさず足を運んでいた神宮球場3塁側も、今シーズンは病院と近所のスーパーまでがせいぜいの体調だったので、もっぱら自宅でのテレビ観戦でした。

ひとり応援で盛り上がった翌日の興奮は興奮として、本日の執筆にとりかかろうとしたけれど、やはり気持ち収まらず、『姥《うば》うかれ』で、歌子さんが懐かしの優勝シーンを伊賀夫人と夢中になってテレビで観るページを、ついつい開いてしまいました。

ここにはなんと、21年ぶりの優勝を決めた日のことが書かれているんです。

伊賀夫人は、歌子さんより6歳若い72歳。美容院「マダム・さち子」のオーナーで、その道50年のベテランですが、小太りで丈夫そう、お肌みずみずしく腕も太く、髪は栗色……。ちょっと私に似てる？

もっと似てるのは、タイガースファンであること。

お話は、伊賀夫人が歌子さんのマンションにお届け物を持って来た日のこと。お茶でもと誘っても、何だかそわそわ帰りたそうにしていたのは、その日の阪神・ヤクルト戦で、優勝が決まるかもしれなかったからでした。

歌子さん、それなら一緒に観ようと提案。ふたりでチャッチャッと酒の肴《さかな》を用意して観戦です。

ここからは、ふたりの会話の一部をご覧ください。

「今夜はどうやろか」

「いけるの、違《ちゃ》いますか」

「阪神のことやさかい、はじめ喜ばして、あとでカクンとさせはンねん」

「これをかぶりません？」

「よろしいわねえ、あたしも持ってますのよ」

伊賀夫人はにこにこと、帽子をかぶった。

「いけますやんか、いけますやんか！」

六回でバースが52号ツーラン、一ぺんに世界は桃色、

「やったあ！」

と私と伊賀夫人は肩を抱きあってしまった。

（ナカヤマ㊟そのあとヤクルトの猛反撃があり、しょげたりトイレに行ったりと忙しいふたり。いやー、わかるなー。昨夜もジャイアンツに1点差まで詰め寄られたときの私もこんな感じでしたね）

九回表で掛布が本塁打、みごとにきめた。

「あと一点や！」

岡田が二塁打、バントで三塁へ、佐野が高々と犠牲フライをうちあげて、岡田がタッチアップからホームイン。よし、ようやった。

「あと二人、あと二人」

「あと一球、あと一球！」

「勝ったんやわ、勝ったんやわ、ヒャー、おもしろ、まさか思《おも》てたのに、やっぱり勝ちましたなぁ。キーッ。ヒャー」

「どたんばまでハラハラさせて、ほんとにもう……。でも吉田サン、大きに、有難《ありがと》う！」

ふたりの大騒ぎを子どものしわざだと思った階下からの苦情電話がオチ、かと思ったら、伊賀夫人、マンションの外で待たせておいた夫のことを（3時間以上）すっかり忘れてた……のでした。

思い出箱に入れるのは

『手のなかの虹』に、西洋アンティークショップで見つけた3つのメモリーボックスの話が出てきます。

「西洋《あちら》の人って、なんて熱烈な思い出蒐集狂なんだろう」という感嘆のため息で始まるエッセイですが、これらを「思い出箱」と呼び、真似《まね》しておせいさんがつくったものの中身を、いくつかご紹介しておきましょう。

まずは、奄美《あまみ》の浜で拾った貝（奄美はおっちゃんの故郷ですね）。

他にはミニチュア家具の極小サイズのものや、おせいさんがつくったラベンダーバンドルズ、台北・龍山寺《りゅうざんじ》の護符《ごふ》、妹さん作のパン粘土の女の子の顔（ちょっと目が離れてて、おせいさんに似ている）のブローチなどなど。

この思い出箱は、左ページのイラストのサイズで、リビングの壁にかけたとのこと。

細かい懐かしいものを飾りたいけれど躊躇《ちゅうちょ》していた私も、今回このページを改めて開

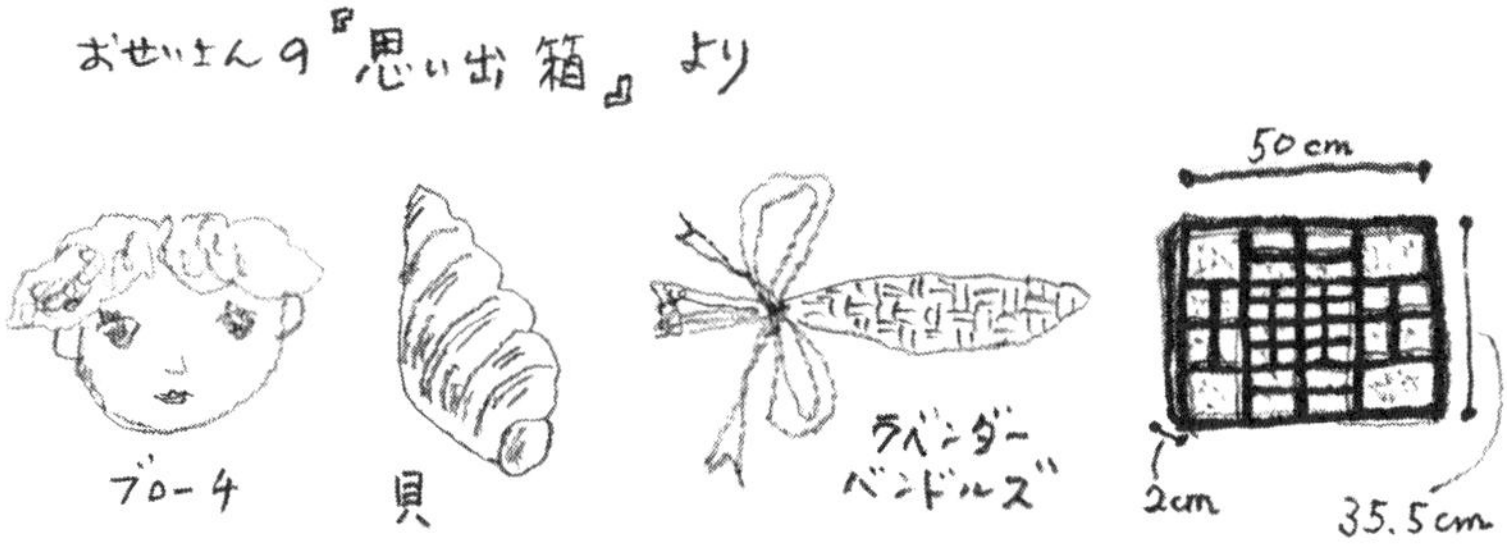

き、インドア派のひとり時間につくってみたいな……と。

さて、この章のしめくくりは、思い出箱のこんな一節です。

なつかしい人のかたみの品、若いときの手なれの身まわり品、それらを組み合わせ、こんな箱にしまって、ちょっと飾っておいたりするのもたのしいことではあるまいか。

年を重ねるにつれ、思い出はふえてゆくけれども、人間の心というものはなんとふしぎな作用《はたらき》をするものだろう、いやな思い出、辛いことは、(私の場合) 次第に忘れてゆく。

そして幼いころ、若いころのおかしい思い出、たのしい思い出、得意だったときの思い出ばかり、いよいよ、いきいきと思い出される。

またひとつ、「思い出箱つくり」という新たな楽しみが見つかりました。

第5章 「姥ざかり」は陽気を愛する

歌子&サナエ

先にも紹介させてもらった、拙著『「夢ノート」のつくりかた』の歌子さんの話ですが、こんな一文も書きました。

お花、油絵、英会話、「子どもさんたちと同居したら」という外野の声など蹴散らしつつ、優雅に元気に暮らしを楽しむ名人が歌子さんなのだ。

ちょうどその正反対のキャラクターが昔、歌子さんとこの店で働いていたことのあるサナエさん。真面目ひとすじ60年、陰気で頑固で潔癖性。私同様、歌子さんの大ファンである母との会話には「最近、Aさん、サナエっぽいと思わない？」「そうそう、なんか暗いよね。歌子で行けばいいのにね」などというフレーズが飛び出すほどだ。

三回忌がつい最近済んだ母とは、好きな小説やドラマが似ていて、群馬の実家のキッチンでよくおしゃべりしたのが懐かしいです。

さて、私の文章だけでなく、本家の歌子&サナエの会話を（抜粋で）ご紹介しておきましょう。ラストにビターな名言があり、さすが！と唸《うな》ったシーンです。

西条サナエ60歳、ちょうど「敬老の日」のパーティを企画して、自宅でにぎやかに過ごそうと思っていた歌子さんのところに暗めの声で電話してきたので、パーティに誘うと
「お伺いします」とのこと。

サナエさん、地味な着物にひっつめ髪、割烹着なぞ持参して、皆との談笑やダンスに参加する気はないようです。


「このごろ、何だか、へんな気なんですよ、奥さま」

サナエは、音楽に耳もかさず、ダンスをしている人たちを見もせず、私のそばへにじり寄るために、椅子を動かす。

「どうしたの？」

「孤独の風が耳もとで鳴るんです」

つまらぬものを鳴らす女である。もっといいものを鳴らせばよいのに。

「だってもう六十でしょ」

こういうところが頑固だというのだ。いくらいってきかせても同じことばかりいう。

「あんた、ねえ、これからが女のさかりよ。元気出しなさい。長生きしなさい」

「あたし、正しいことしてきたのに不幸やわ」

「それより面白いこととして長生きしなさいよ」

「あたし、一生けんめい働いて、操を守って、チャンとしてきました。それなのに、この頃、すべて空《むな》しィて……。長生きしても何で楽しいのでしょう、長寿を祝うなんてウソや思います」

なんにも知らんな。

長生きなんて、元々、楽しくないものだ。古馴染《ふるなじ》みの死んでゆくのを見るのが長生きということだ。

そうか、歌子さんだって、そういうビターな考え方を持っているわけか。

だからこそ、意識して、楽しく暮らすための口実をつくる。

たとえば、この「敬老の日」パーティだってそう。誰かが祝ってくれるのを受け身で待つより、自分たちで敬って、楽しんで……。

こうやって、陽気になれる機会を多くして、陽気を愛せる自分になろう。

歌子&サナエの会話を通して、おせいさんが贈ってくれた大切なプレゼントだと感謝するのでした。

おしゃれで元気に

書きたいことが多すぎて、ここまで、おしゃれ系のことを書く暇がありませんでした。

今回、消化器系の不具合があって、おいしいものを食べる喜びを奪われていた時期が長かったんですが、ひとつだけ「おお、これはラッキーかも」といえることがありました。

それは、強制的ダイエットになったおかげで、かつてのお気に入り服が一気に着られるようになったこと。

雑誌などの捨て活系の記事によれば「痩《や》せたら着られる」は永遠に来ないから、サイズアウトした服は、お気に入りでも捨てましょう！みたいな提言がされています。

60代になってからは年々選ぶサイズが大きくなっていた私だったので、きっともう「痩せたら」はやってこないから、大好きだけど処分しようかな……と思っていた矢先の不調、これってセーフなの？ショップに行く体力もないし、ましてや店内で試着なんてムリ。まあ、病院以外はほぼ家なので、服を買う必要もなかったんですけどね。

とはいえ、通院にパジャマってわけにはいかないので、ラクだけれど少しは気分がよくなる服を着たいじゃないですか。

で、クローゼットの奥のほうの「好きだけれどサイズ小さめ」服軍団と、久々に対面し、病院に着て行けそうなチュニックやパンツを数点選んでみました。

あらどれも、スルッと着られる。

ちょっとだけ、病院に行くのが楽しくなる。

宇野千代先生も「病院にはちょっとおしゃれして行く」といってたなぁ、なんて鏡を見ながら呟《つぶや》くと、顔色も幾分よくなった気がするから不思議です。

その後、だいぶ元気を取り戻したとはいえ、まだまだ遠出や外食に緊張する病《や》み上がりナカヤマの背中を押してくれたのは、（また着られるようになった）好きな服たちでした。

よくぞ、もう一度私たちを着られる体形に戻ってくれました！と喜んでくれているに違いない服たちを洗ったりアイロンかけたり、緩んでたボタンをつけなおしたり。

「自分、普通に動けてるやん」とひとりツッコミして、刺繍《ししゅう》が気に入って買ったブラウスに久々に袖を通し、久々に本屋さんまで出かけることができたのでした。

おせいさんの4着

『手のなかの虹』の中に、「刺繍の服を着る日」というページがあります。刺繍に限らず、ビーズやレースなど、ロマンチックなテイストが大好きだったおせいさんですが、88〜89ページの見開きで4着のお気に入りの服が紹介されています。特に刺繍ドレスのコレクターというわけではなかったから、さしあげたりした服もかなりある由《よし》。せっかくなので、特にお気に入りの4着の説明をサラッとしておこうと思います。

1着目　黒地の、寒冷紗《かんれいしゃ》のように透ける服は黒のアンダードレスつき。大きなピンクの牡丹《ぼたん》の刺繍とピンクの裾《すそ》が華やか。

2着目　紺地に白いピンドット。古代ギリシャの白衣の女神たちが手をつないだ刺繍が胸元と裾に入っていてロマンチック。

3着目　黄色地で人形の連続模様の夏服。2着目が夜のドレスなら、こちらは昼用。動くと人形が踊るようで楽しい。

4着目　黒地に石楠花《しゃくなげ》色の小花が散っているローン地で、胸元には同じ石楠花色のドレスを着た婦人をキャンバスに描く画家の刺繡がほどこされた凝ったもの。

そして、締めにはこんな一文を。

けれどもさして長くない一生に、こんなに好もしい好きなものとめぐりあい、それを身にまとう幸せをいつも感じて、手もとに残るこれらを私はたいせつにしている。

ここにも、ロマンチックにビターを少々加えた、おせいさんならではのおしゃれ感が表れていますね。

好きやったら似合うんちゃう？

これからのおしゃれは、手持ちの大好きな服や、ひとめぼれしたアクセサリー、小物類を惜しまずドンドン身に着けよう！と思っています。

そんな私、歌子さんのある日の装いには、大いに刺激されているんです。

その歌子さんの姿は、村上豊《むらかみゆたか》さんが描かれた『姥《うば》ざかり』のカバーでもわかるのですが、おせいさんの手による原文もご紹介しておきましょう。

私は白い麻のスーツに、ワインカラーのシルクのブラウスというでたち、白いレースの日傘を持っている。サングラスはブラウンで、その色が、毛染めの色とよくマッチしているのだ。

そうそう、まずこの自分の装い全般への肯定感がいいですね。

この装いで出かける前に、ちゃんとこんなことも語っている歌子さん。

七十六までツツ一杯に生きて、自分より偉い人間があると思えるかッ！　年をとれば、自分で自分を敬わなければいけない。

ですよね。このポジティブ精神に支えられた白い麻のスーツなんです。

私自身、これからは明るい色をよりひんぱんに着ようと思っていて、ピンクや黄色も元気が出るけれど、究極の「しゃんとしてないと着こなせない」元気色が白なんじゃないか、と思っているんです。

そして素材としたら麻。麻は着心地いいし、湿度の高い日本にはピッタリ。

だから、白の麻は究極のおしゃれ。

何だかイタリアンマダムっぽいところもマル。

確かに皺《しわ》になりやすいけれど、洗濯機で洗えるし、歌子さんみたいにアイロンかけも自分ですれば、オッケー。

あとは、少し痩せたとはいえ、身長150センチちょっと（以前は153センチあった）

の私に白の麻のスーツ似合う？

いやいや、おせいさんも歌子さんも、きっと、

「好きやったら、似合うんちゃう？」

といってくれると信じて、陽気でおしゃれな70歳になるべく、白も麻も着倒してみたいと思う所存です。

村上豊画伯描くところの
カバーガール　歌子ファッション

夫婦漫才せいかつ

まずは息子、続いて娘がひとり暮らしを始めて以来の夫とのふたり生活ですが、幸い「夫婦漫才」テイストで（基本）楽しく暮らしております。

いうまでもなく、ネタ提供並びにツッコミ担当は妻、夫は天然ボケ担当でございます。

おせいさんとこは、おっちゃんもかなり弁が立つから丁々発止《ちょうちょうはっし》、こういう夫婦漫才も活気があってよろし。

まあ、こんなふうに書くと「夫婦円満だからできるのよ」というような声が聞こえてきそうですが、いや、それは「逆やねん」。

なぜか、似非《えせ》関西弁になる私なんですが、「夫婦漫才くらいに思ってないと、妻と夫の会話なんて嚙《か》み合わないし、お互いうっとうしいだけの存在になっちゃうから」という、大人の知恵。まあ、ほぼおせいさんの受け売りなんですけれどね。

ほとんど私の「人生の指南書」といえる『人生は、だましだまし』によれば、まさにこう。太く引かれた傍線《ぼうせん》に、それだけ「なるほどなあ」のため息も太く出たんだよな、と納得する私なのでした。

家庭の運営、というものは、だましだまし、保《も》たせるものである。

あっ、傍線でなく、囲みになっているすごいところを見つけちゃいました。

男は犬に似ている。

場所ふさぎでカサ高いわりに、甘エタで、かまってやらないと淋《さび》しがってシャックリをする。

ほーっ、大人すぎるおせいさん。おっちゃん、奄美《あまみ》犬ですやん。

このシャックリとは精神的なものだそうで、体調の違和感を訴えてみたり、これみよがしに不機嫌になったりすることを指すらしい。

夫婦それぞれの相性、芸風は違っても、やっぱり夫がボケ担当で、妻にツッコまれつつ、なんやかんやゴチャゴチャあっても、その日の最後に笑ってオチがつけられれば、いうことありません。

女ざかりは真っ八十

自分より偉い人間はあるか！と威勢のいい歌子さん76歳もすごいですが、明らかに「上をいく」すごい叔母さんがいるんです。

60で孤独の風の音が鳴るサナエさんに比べて、「女ざかりは真《ま》っ八十《ぱちじゅう》」という91歳の叔母さんには、さすがの歌子さんもタジタジです。

「やっぱし、何やな、若い人に比べると、さすがにワタエもちょっとトシとった、いう思いがしまんなあ。はっさい（おてんば）のワタエも、もうあない、足は上らしまへん。そやけど、どないだす、肌は。まだ娘はんに負けしまへんやろ、年増《としま》の容色、いうもんだす」

と自慢していた。

えっ、足が上がるってどういうこと？と思われた方、これ、叔母さんと歌子さんが宝塚を見にいったときのセリフなんです。

そして『姥ざかり』のフィナーレを飾る話が「姥スター」、毎年4月には、お花見兼宝塚観劇をセットにし、初舞台生の口上《こうじょう》を楽しみにしている叔母さんを誘う歌子さんなのでした。

叔母は少うし、背がかがんでいるものの、白髪をきれいにまとめて小さいまげをつくり、一越縮緬《ひとこしちりめん》の青ねずの着物に羽織、きちんと身ごしらえして、孫に車で送られて来た。孫といったって、もう四十を出ている。

宝塚ファミリーランド（歌子さんは遊園地と呼ぶ）の桜のトンネルを抜けるときは、

「ああ、きれいでごあんな、今年もまあ、息災《そくさい》でお花見でけて、結構なこっちゃおまへんか」

と花を仰いで喜ぶのである。

今回、観劇に同行した魚谷夫人（彼女もなかなか濃いキャラ）の、

「おばあちゃまのお若いわけがわかりましたわ、何十年もこんな楽しいのを見てらしたんですもの、幸わせなかたですね」

との言葉への返答が天晴《あっぱ》れなので、しめにご紹介しておきましょう。

「そら、自分の甲斐性《かいしょう》でごあんがな。ワタエかて家や店の仕事、チャッチャと片づけて無理して通うたもんだっせ。人にお膳立てしてもろて通うたんではごわへんがな」

パチパチパチ！　91歳、説得力ありすぎ！

真っ八十が女のさかりなら、まだまだ70点台は、お膳立てなんか待ってないで、自分から楽しみに向かって突き進もうぞ！の気分になってきました。

コンマ以下は切り捨て

シリーズのラストを飾る『姥勝手』では、80点台に乗った歌子さん、ますます意気軒昂《いきけんこう》なんですが、こんな名フレーズを思いついちゃったのでした。

それが「コンマ以下は切り捨て」。

コンマ以下とは、人の世の、もろもろの下らぬこと。

その日は、順慶町のお爺ちゃんの法事で、息子やら嫁やらが「年齢にふさわしい」とか「年相応の重み」とか「しきたり」「本家らしい」……。法事の参加者で最も年長の歌子さんが発した言葉ではないところがポイント。

体面やら体裁やら打算やら、そういう取るに足らない些事《さじ》は、コンマ以下のことだから、もう考えない。では、そんな境地に至った歌子さんにとって、コンマ以上とは？

ここは、原文でお伝えしましょう。

一日一日の、何のこともない一瞬の慕わしさ。ポリエステル一〇〇パーセントの虹色ブラウス。香りたかいアップルティー。微笑《わら》ってるような男の唄声《うたごえ》。——そうそ、ポリエステルを旅行着に、というので思い出した、パンジークラブの山永夫人と京都一泊の旅を約束している。梅雨の時期は観光客も少く、雨の京都もひっそりしていいだろう、ということになったのだ。これこそ、コンマ以上のこと。——

いやー、花柄のケンゾーの傘をさし、薄手の白いレインコートを着た歌子さんにお供して、雨の京都ご一緒したかったわー。

モヤモヤさんの采配で、思いがけず1年半近く（入院で外泊はしたが）、まったく旅行ができなかった私なので、この「コンマ以上」の話で、とっても元気が出ましたね。

コンマ以下のあれこれは、70点台に乗れたからには、もう切り捨て！と宣言し、今月末の1年半ぶり1泊2日、鬼怒川《きぬがわ》旅行という「コンマ以上」の予定に心躍らせるのでした。

陽気の背骨

陽気で、機嫌よく生きていきたいです。いわずもがな、ですが、それは何の苦労やアクシデントと一切遭わずに暮らしたい、ということとイコールじゃありません。

本当をいうと、グチを吐く人はまだ甘い環境なのである。
ほんとうに、たいへんな場で生きてる人は、グチも出ないのである。

これは、『老いてこそ上機嫌』（文春文庫）に収録されている、おせいさんの名言のひとつですが、70にしてようやくその言葉の重みがわかりかけてきた気がします。

そしてこれからは、グチっている自分に気づいたら「甘ちゃんやな」とひとりツッコミを入れて、ぬはははと笑ってしまおうともくろんでいる次第。

そして、こんな名言も。

これは『姥ときめき』の中から『老いてこそ上機嫌』にセレクトされたものなので、おう、ここを引っ張ってきたか、ナイスチョイス！と少しだけ上から褒《ほ》めたい私なのでした。

それは、モヤモヤさんは「えらい目当番ふりあて役」なんだよ、という言葉。

せっかくなので、臨場感ある原文で紹介しておきましょう。

そう、私はにらんでるのである。この神サンは人間を「えらい目」にあわせる「えらい目当番ふりあて役」なのである。

「死にわかれ当番」

「生きわかれ当番」

「病気当番」

「災難当番」

いろいろ、七難八苦の割り振られた当番がどの人間にもあって、神サンはその当番表をにらんで、

（ホイ、歌子には会社再建当番）

という当番を割りあてられる。私は必死に働いてその当番を果す。まだその上に、

（亭主に死にわかれ当番）
とか、
（むつかしい姑にいじめられる当番）
などという当番の札を二重三重に首におかけになる。一つがすんで首からはずれると、
また一つをおかけになる。
誰の首にもかかっているわけである。

ここは、歌子さんだけでなく、おせいさんご自身の「陽気」を支えていた背骨を感じる。
車椅子に乗ったおっちゃんや、ご高齢のお母さまとの2ショット写真の輝かんばかりの
笑顔には、こういう裏づけがちゃんとあったんですね。
私も、今後どんな当番を当てられるかはモヤモヤさんのさじ加減だから、どんなお当番
の札をかけられても「グチよりネタ」って考えて、陽気に暮らすぞー！
ということで、この章はおしまい！
今晩は、うちのカモカのおっちゃんと、久々のシマアジの刺身とがんもと大根の煮物で
夫婦漫才といきましょう。

当番表
死にわかれ
1
生きわかれ
2
病気
3
災難
4
会社再建
5
あんたは
とりあえず
3番
歌子は
5番やな
宝くじあたり当番とかないのん？
甘い甘い
当番札

第6章
まだまだ出てくる「今さらの欲」も愛する

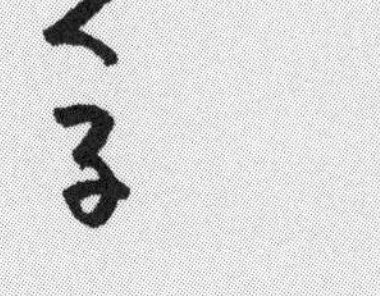

そのカードは手元にないのか？

入院しているときは、とにかく「退院する」ことを待ちわびていました。

そして、「退院したら、やってみたいこと」を考えて、不安でいっぱいにならないよう何とか持ちこたえていた気がします。

しかし、いざ退院できたら、日々の雑事に「やってみたいこと」が紛《まぎ》れて、前とそう変わらない日常を送っていました。

体調は、ぼちぼちながら回復はしているものの、思ったほどはハレバレしないし、正直なところ「あれ？　こんなもん？」という感じ。

普通に料理ができて、ビクビクせずに食事がとれているだけでも、大感謝祭のはずなのに、本当に人って贅沢《ぜいたく》にできているんですかね。

？マークの私は、長年つけている「いいこと日記」の入院中のページを読み返してみました。

もちろん、手術直後の数日は、からだのあちこちに管がついていたので、管がとれてから書くのを再開したんですが、入院中のページに「ピアノ」という文字を見つけたとき、「あーそうだった、それを忘れてた」。

私にとって、「好きな曲を弾いて、ピアノを楽しむ」というカードは、早々に手放した気がしていたのですが、本当にもうそのカードは手元にないのかを再考せよ、という三文字でした。

入院中に不安になると、ディズニーメドレーや懐かしいピアノ曲集みたいなのをＹｏｕＴｕｂｅで聴《き》いていて、とても心が落ち着きました。家には、娘の白いピアノがそのまま置いてあり、たまに孫たちが遊びで蓋《ふた》を開く以外は、写真や小物を飾る場所と化しているのが現状です。

で、再考してみることにしました。

まず、ピアノはある。（調律はしてないけれど）

小学校低学年まで習ったことがある。（ただし、途中で嫌いになった）

楽譜も娘が置いていったのはある。（音符、ほぼ読めないだろうけど）

パソコンのキーを打てる両手がある。（鍵盤《けんばん》のほうがちょっと重いけど）

さて、私にとって「ピアノを弾く」というカードは、もう手元にないのか？

「あれこれ言いわけしている間に、時間は過ぎてきまっせ、ヨウコはん！」という声の主は、歌子さんでしょうか。

「ピアノのカード、70にして久々すぎだけど切り直して使ってみまーす」

母からのアドバイス

カッコ内の、やや否定的な呟《つぶや》きはどれも本心なのですが、問題なのは、子どもの頃に途中でピアノの練習が嫌いになったことかな。

これ、原因はとってもはっきりしていて、大好きだった最初の先生が、遠くにお嫁に行っちゃって、次の先生がとっても厳しくて怖かったせい。

まあ、先生側からすれば、前の先生に頼まれて引き受けた子たちが、みんな基礎がちゃんとしていなくて、つい子どもの手をピシッという感じだったんでしょうね。

だんだんピアノの難易度が増す時期だったり、他にもっと好きな習い事や興味のあることができたり……というのもあったかもしれません。

私の場合は、バレエ漫画に憧《あこが》れて、ピンクのトウシューズが履きたいからバレエをやりたい時期を経て、ああいう漫画のように上手に描きたい！に移行していったころだったかもしれません。

おせいさんと同世代の母が娘のころは、ピアノがあるとか習うとかは、とても限られた贅沢だったので、ずっと憧れがあり、ひとり娘の私に習わせた。

早めにピアノにもバレエにも飽きた娘。

娘の娘は、幼稚園の仲よしと一緒に始めたピアノをやめることなく、上手になりました。群馬で習っていた先生も、東京に越してきてから習った先生も、娘の娘にとってもやさしかった……というのは、すぐにやめたほうの言いわけです。

前置きはこれくらいにして、実は母は、80歳でピアノを習いはじめたツワモノなんです。娘の娘が置いていったピアノは20年ぶりに調律してもらい、高齢ながら新人の弾き手を得たということになります。

昭和の大ベテラン主婦は、お茶、お花、コーラス、テニスといろいろな特技や趣味を経て、ピアノに行きついたら80歳だったたんですね。

もちろん、楽しそうだったし、ちゃんと発表会にも出て「聴きにこなくていいから、おしゃれなブラウス選んで」といわれれば、そりゃプレゼントしますよね。

ただ「ピアノやるなら、あと10年早く始めればよかった」とはいってました。

おお、あれは母からのアドバイスだったのか！

さて、ナカヤマ70、一番のトラウマ「ピアノの先生が怖い」を克服できるか、それは次回に（勝手に続く）。

交換条件

で、「ピアノの先生をどうする」問題です。

何気に、私と違ってちゃんとピアノを続けられた娘に、「今さらだけどピアノやりたい。けど、先生が怖い」と話すと「わたしでいいじゃん」。

おっ、それは考えなかったなぁ。

「だって、忙しいでしょ」

「登校を見送ったあとなら、ちょっと寄れるよ」

そう、息子が一年生になったからね。近所に住んでるしね。

「何か、悪くない？」

「じゃあ、朝ごはんと教えるの交換条件で」

「おお、それいいね。うちは朝、和食が多いから魚焼いとく」

ということで、思わぬ展開で、ピアノの先生が決まりました。

たいてい月曜の朝、黄色い帽子にランドセルの息子を送った後に、おなかを空《す》かせた先生（笑）が「おはよう」と来る。

「うちはチーズトーストとかだから、嬉しい」

「今朝は、カボチャ煮ました」

「やったー」

夫も「月曜だけは、朝ごはんの気合が違う」とかいいながら、娘が来るのが嬉しそう。

どこがピアノの練習なんだ、という雰囲気のなか、デザートのリンゴを食べる娘の視線を背中に感じながら弾く私。

そう、隣でジッと見られるとトラウマ発動で緊張しちゃうんです。

数ある楽譜の中から、娘と相談して選んだ1曲目、ユーミンの「卒業写真」にしました。

「知ってる曲だし、カラオケとかでも前に歌ってたよね、ユーミン」

そう、同世代の今なお輝く松任谷由実《まつとうやゆみ》も素敵だけれど、懐かしい荒井由実《あらい》時代のユーミンの歌が、大のお気に入りでした。

「大丈夫かな、基礎からやらなくて」

「今さらなんだから、即、好きなのでいいんじゃない?」

「発表会とか出るわけじゃないしね」

「いやいや、ひいばあばみたいに80で出るかもよ」

ということで、練習始めて1ヵ月が経ち、何とか左手もついてくるようになり、すごく楽しいです。

「次は、『アニバーサリー』か『ハローマイフレンド』で、よろしく」

「まあ、意欲があっていいんじゃない? でも、その2曲はシャープやフラットがついてるけど」

今のところ舞い上がっている私なので、この2曲をマスターして、春までには「春よ、来い」を弾けるようになりたいと、欲をかいているところなんです。

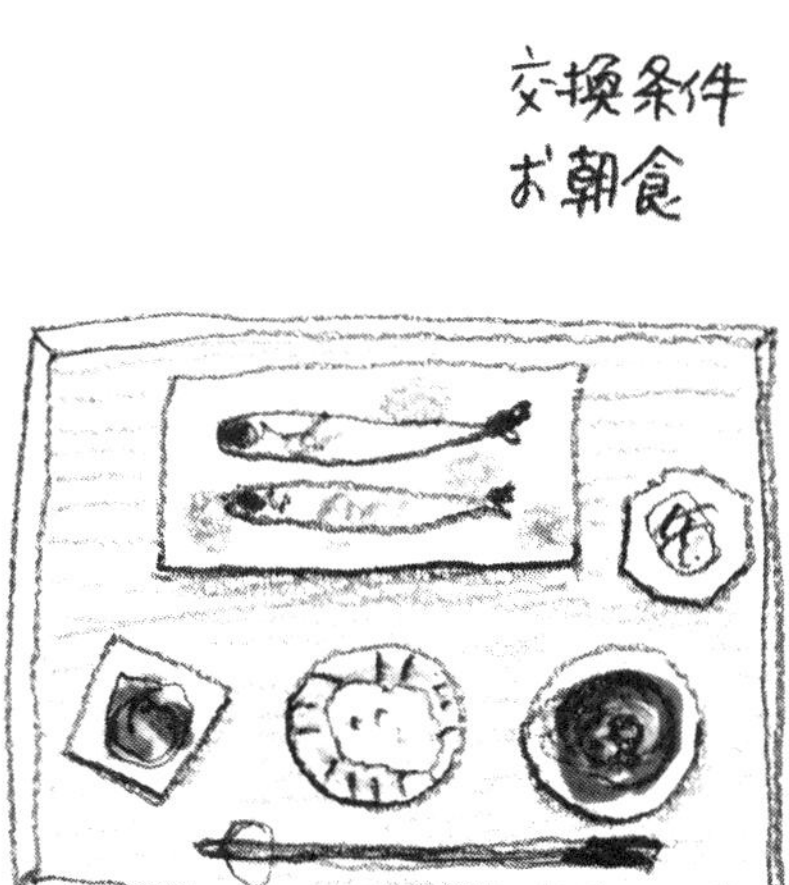

「欲」に勢いがついた？

いやはや、もう書いちゃったから、そう簡単に「もうピアノ、ギブアップ」とはいえない私です。ただ、弾いていると、すごく癒《いや》されるんです。

確かに、もう70の指だから、流れるようにはいきません。

でも、3日前よりほんのちょっと上手《うま》くなってる。

もとがもとだから進歩がハッキリわかり、かつ耳は以前より研《と》ぎ澄まされていないので、自分で自分にダメ出ししない、というメリットもあるんです。

さて、このように何だか「ピアノ憧れるけど、怖くて手が出ない」から「毎日、ちょっとずつ鍵盤にふれる」ができるようになったおかげで、他のトラウマにも再チャレンジしてみる欲が出てきました。

数えればいろいろあるんですが、ここはおせいさんのパワーを借りて、もう一度仲よくなりたい「古典の世界」。

先に俳句の季語にもうひとつ馴染《なじ》めない話をしましたが、それには理由があります。とある国語の授業、「ハイ、全員立って」といわれ、しぶしぶ椅子から立つ中学2年生。高校受験の準備という名目でした。

「アライ、夏の季語」「シミズ、秋の季語」というように、指定の季語をいえれば座れる。間違えたり、すでに出たものだったら、その授業内は座れません。

これ、本当にイヤだった。

そして、そんな思いをして受かった高校も、古典の授業は「ナニ行のナニ活用、はいナカヤマいってみて」みたいなことばかり。一気に古文も嫌いになりました。

でも俳句は、散文のセンスしかないので自分ではつくらないけれど、今は全然嫌いじゃありません。いろいろな句を楽しめるのは、

夏井《なつい》いつき先生のおかげもあるかな。五七五の世界は川柳もあって楽しいし、これでいいことにする。

ただし、五七五七七の領域は、70歳までほぼ未踏。ここは、トラウマさえない「未知の領域」なのでした。

そこで今回、改めて『田辺聖子の古典まんだら（上・下）』（新潮文庫）をガイドブック感覚でしっかり読み、そんな昔のしんどい思い出はいい加減忘れて、古典と仲よくなろう！の欲が出てきました。

冒頭、おせいさんはこう呼びかけます。

「古典ほど面白いものはない！」

だまされたと思って、古典作品をどれかひとつ手にとってみてください。そこには、現代の私たちと同じように、喜んだり、悲しんだりする人間たちが生きています。

古典を読んでみれば、そのなかに好きになる登場人物がきっと見つかるはずです。とても優しくて気転の利《き》く定子中宮《ていしちゅうぐう》って素敵だわ、と思う人もいるでしょう。落窪《おちくぼ》姫の健気《けなげ》でいじらしいところが好きな人もいるでしょう。『平家物語』に登場する平知盛《ともも り》や今井四郎兼平《かねひら》の男らしい生きざまに魅《ひ》かれる人もいるでしょうし、いいかげんな弥次郎兵衛《やじろべえ》や喜多八が妙に気になる人もいるでしょう。それぞれの好みでかまいません。この人が大好き、というお気に入りができたら、しめたものです。それはもう古典の魅力に気づいたということです。

おせいさんの口車にマルッと乗せられて、この上下巻の中から、推したい話や人物をピックアップしてみることにしました。

読みたくなったベスト5

上巻で11冊、下巻で10冊の古典が紹介されているんですが、どれも面白そう。とはいえ、多分、原典は私にとって楽譜かそれ以上にハードルが高いと思われますが、欲の勢いで読みたくなったベスト5をご紹介することにしました。

食べたいもののベスト5のときと同様、まったく私の勝手なチョイスなので、温《あたた》かい目で見ていただきたく、よろしくお願いいたします。

第5位　百人一首

未知の領域なので、ぜひとも知りたいです。坊主めくりどまりで、百人一首をほぼ知らないエッセイスト70歳、もう人生でラストチャンス！くらいの感じで、

二〇二四年
大河ドラマヒロインの一首です
紫式部
めぐりあひて
見しやそれとも
わかぬ間に
雲隠れにし
夜半の月かな

まずはおせいさんのレクチャー、しっかり受けました。
意外なことに、歌は知らないけれど詠んだ人は結構、知ってた。日本史は、トラウマのない好きな授業のひとつだったし。

春過ぎて夏きにけらししろたへの衣《ころも》ほすてふ天《あま》のかぐ山《やま》

これは、さすがに知ってました。持統《じとう》天皇は天智《てんじ》天皇の皇女、天武《てんむ》天皇の后《きさき》です。日本史的に大きな転換期でもあり、実感として激しい時代なので、歌のビジュアルの清潔さに魅かれます。おせいさんの訳によれば「**春が過ぎて、夏がもう来たんだわ。あの青々とした香具山に白い布がほしてある**」。

映えますね！

おせいさんがシメにチョイスした、藤原清輔《ふじわらのきよすけ》の一首も紹介しておきましょう。

ながらへばまたこのごろやしのばれむ憂《う》しと見し世ぞ今は恋しき

「辛いことが多いけれども生き長らえていよう。あんなにつらいと思ったあのころでさえ、いま思い出してみれば、懐かしいんだもの」

蛇足《だそく》になるから、私からの感想は必要ないでしょう。

第4位　大鏡《おおかがみ》

これを選んだ理由は、セレブ代表の藤原道長やインテリから怨霊《おんりょう》への菅原道真《すがわらのみちざね》に興味があるから。

特に、道長は私の中ではかなり上位のヒール役なので、とても知りたい。道真は、私にとっては厩戸皇子《うまやどのみこ》（聖徳太子ね）に並ぶ「推しメン」なので、彼の祟《たた》りだというあれこれの出来事にも興味津々なのでした。

おせいさんの言葉。

嘉祥三（八五〇）年から道長が亡《な》くなる直前の万寿二（一〇二五）年までの百七十六年間に至る歴史、さまざまなエピソードが描かれています。歴史書なので、各章の最初に親子関係や略歴が記されていますが、そこは飛ばして、面白そうなエピソードから読めばいいのです。

了解でーす。

第3位　平家物語

祇園精舎《ぎおんしょうじゃ》の鐘の声、諸行無常の響あり。

冒頭の名文、本当に美しいですよね。

「驕《おご》る平家は久しからず」ということで、長年源氏推し（やっぱり義経）だったけれど、友人に誘われて文楽にはまった時期があり、安徳《あんとく》天皇があまりに可哀そうで涙腺崩壊、かなり平氏へと気持ちが傾いたのでした。

滅亡間近の平家以外、ほとんど知らないので（大河ドラマも見なかったし）、栄華を極《きわ》めたあたりのお勉強をしたいです。

おせいさんの言葉。

西洋の中世の吟遊詩人のように、琵琶法師たちが日本の各地を漂い、武士の物語を広めていきます。現代の我々がオペラを観るように、当時の民衆は楽しんだのでしょう。

オペラ……納得です。

第2位　枕草子

唯一、現時点で原典を勉強したことがある古典。清川妙《きよかわたえ》先生の講座でした。こぼれ話も興味深く、アフターに皆でランチしたのもよき思い出です。もちろん、おせいさんの小説枕草子『むかし・あけぼの（上・下）』（角川文庫）も楽しみました。

10歳近く年下の紫式部《むらさきしきぶ》とは、1000年来のライバルですが、私はずっと清少納言《せいしょうなごん》派。『紫式部日記』

灘本唯人画伯描くところの
表紙のふたり……
色っぽい

には、けっこう清少納言の悪口が書かれていて、私の中では式部のほうが意地悪キャラなんです。

少しだけ勉強したので、いろいろ書きたいことはあるけれど、彼女がラッキーだったのは、定子中宮という本当に素晴らしい女性と出会い、彼女に仕えたことに尽きるのではないかと思います。

けっこう辛辣《しんらつ》な清少納言も、中宮定子さまラブぶりは微笑ましいです。

さて、おせいさんのこんな解説をご紹介しておきましょう。

宮中は薄暗く、気詰まりな勤めのように思われがちですが、『枕草子』を読むと、女房たちも自然の子であることがわかります。意外に外出好きです。清少納言は、自然の匂《にお》いや手ざわり、物音に対する詩的な感覚を書きとめています。

清少納言は五感の鋭いひとですね。こういう感覚は『源氏物語』の紫式部にはなかったものです。紫式部は自分とは違う感覚、感性を備える清少納言の才能を認めながらも、かえって意識せずにはいられなくて、悪口を書いたのかもしれません。

うーん、おせいさん、鋭いひとですね。

第1位　徒然草

あまりに「だよね」チョイスになってしまったのですが、やっぱり吉田兼好《よしだけんこう》推しです。清少納言より、大人の男を選んでしまった（苦笑）。

まあ、書くまでもないほど有名な「つれづれなるままに、日暮らし、硯《すずり》にむかひて、心にうつりゆくよしなしごとを、そこはかとなく書きつくれば、あやしうこそものぐるほしけれ」という書き出し、おせいさんは「ものぐるおしけれ」を一言でいい当ててます。すなわち、それは「心の波立ち」。

いやー、ほんとその通り。心って、ずーっと波立ってるもん。

兼好法師の魅力は、辛辣、あけすけ、いいたい放題、的確、ユーモア、鋭い感覚、諦念《ていねん》、みーんな持ってて、全243段すごいよね。

で、この『古典まんだら』でおせいさんが『徒然草』につけたキャッチコピーが、

物をくれる友がいちばん

もう、なんもいうことありまへん。

以上、極私的「古典ベスト5」でした。お読みいただき感謝。

ぼちぼち「欲」とつきあおう

病院通いに一応の区切りがついた日のこと。嬉しくなって、近所のメガネ店に新しいメガネをつくりに行きました。

コロナのこともあり、少しずつメガネの度が合わなくなっていたけれど、なかなか足が向かなかった。検眼しなくちゃだし、遠近両用なので、出来上がるにも時間がかかるし。

しかし、ひとつ区切りがついた日、また「欲」が出てきたんです。

それは「もっとラクに活字を読みたい」でした。

ついでにいうと「赤いフレームのが欲しい」もあったかな。

まあ、病院の大がかりな検査に比べれば、検眼くらい……と思いつつ、ぼやけて読めない字を何とか読もうとする私。

係の女性が「読めないのを調べているので、そんなに頑張らなくても大丈夫ですよ」とやさしくいってくれました。

すると「どうもありがとう、でも負けず嫌いなんで」と。

ふたりで笑っちゃったんですけど、そうか、私って負けず嫌いだったんだ。

そして、久々に「目がラク」になったので、楽譜にも文庫にも親しみが持てました。赤いフレームのおかげで、ぼやけ気味な顔も引き立つ感じ。

そうそう、これからはこんなふうに、ぼちぼち湧いてくる「欲」とつきあって、私の小さな「欲」達成に協力してくれる人たちに感謝していきたいと思います。

おせいさん、モヤモヤさん、歌子さん、ドクターや看護師さん、家族、友人、お店の人みんな、ありがとう。

あれ？　もうあとがきみたいになっちゃった。

ということで、ラストの章の文をしめくくり、これからイラストページに取りかかります。負けず嫌いなので、こっちもちゃんと描くね。

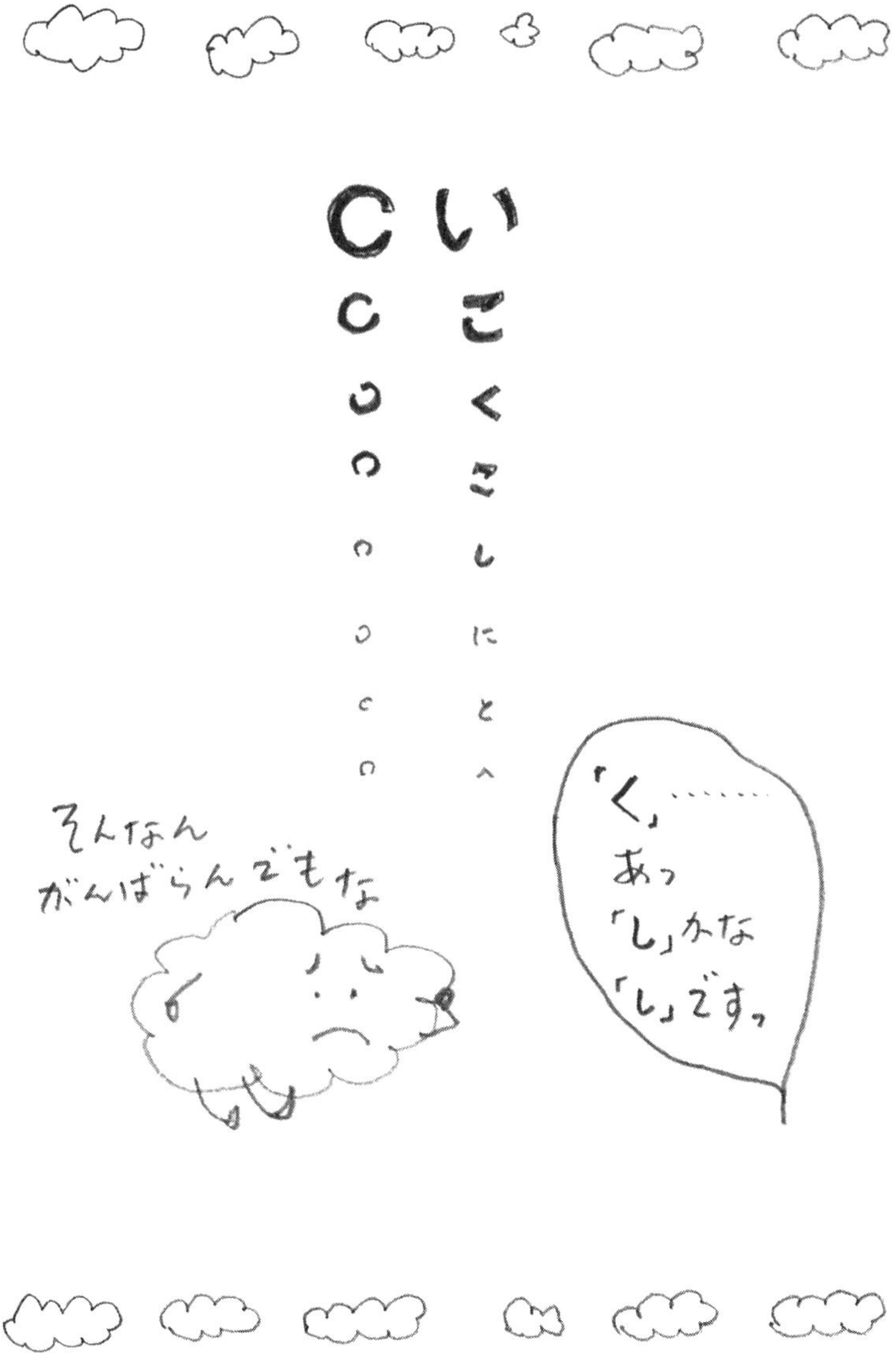
いこくごしにとへ
そんなん
がんばらんでもな
「く」……
あっ
「し」かな
「し」です。

おわりに
――いざ年をとったら、意外に幸せ

ここまでお読みいただき、本当にありがとうございました。

本編を読んだ方は、「新刊だけど、阪神優勝とか出てきて結構時間が経ってる？」と思われた方もいるかもしれません。

そうなんですよ、原稿は２０２３年の秋終わりくらいに書けて、イラストも半分以上描き上がった頃、またちょっとモヤモヤさんが発動。

今度は、うちのかもかのおっちゃんの体調が少々思わしくなく、いつも病院に付き添ってもらっていた私が、「病院ならこっちがベテラン」てなもんで、立場逆転の日々になりました。

ただし、いちいち救急車のお世話になる七転八倒系の私と違い、緩《ゆる》やかに下り坂みたいな状態で、本人も本格的に検査を受けることを躊躇《ちゅうちょ》しておりました。

私からすると、すっかり自分の具合に目も気も奪われていた間、夫は我慢してたのかな……といった気持ちもあり、かなりドンヨリ気分で自分を責めたりもしました。

しかし「ちょっと体調悪しの時期がずれてくれたおかげで、私が今度は助ける当番ができる」と思ったら、すっかり病み上がり気分から卒業し、本来のおせっかいオバはん気質が復活してました。

さっそく母の訪問診療から普段の血圧測定まで、長年お世話になっているホームドクターの紹介で、総合病院で検査や治療を受けることができ、現在は緩めの上り坂って感じまで快復してきました。

自分のことと違うので、夫とはいえ体調についての詳細は書きませんが、ふたりで心配し合い助け合いつつ、これまでで一番「いい感じ」の老夫婦になりつつあって、これも年をとったおかげかも、とシニア風味の自画自賛をしています。

歌子さん（姥《うば》ざかり代表）がいっていたように、長生きすれば親しい人との別れも体験するし、一見元気そうに見える友たちも、あちこち不具合があるみたい。

昔は、年寄りは集まれば病気の話ばかりしている、なんてうんざり気分になっていた若い頃の自分に「あんたが思っているほど、年寄りは退屈でも不幸でもないよ」といってあげたいかな。

まあ、そんな私もまだ70点台なので、偉そうなことがいえる立場じゃないですが、夫婦で病《やまい》を経て、しみじみ「普通の生活」が、いかにありがたいかわかった気がします。

ちょっと、しんみり味になっているので、ここで少々スパイスを。

第6章は、まだまだ出てくる「今さらの欲」も愛する、ということでお話しさせてもらいましたが、なぜか今、ピアノや古典に加え、バレエエクササイズも始めた私です。

これは月2なんですが、きっつい。プロのバレエダンサーの先生はやさしいんだけれど、エクササイズの中身は、今まで眠りつづけていた筋肉を起こせ！的な感じで、その晩はもう布団に入ると意識ないレベルです。

ただ、すっごく楽しい。間違いなく最年長の私ですが、「チャコット」でシューズからウエア、レッグウォーマーまで揃えて、「形から入って、モチベーションを上げる」作戦です。

ピアノは、モヤモヤさんのせいで予定より進度が遅れていますが、「卒業写真」

のあとは「アニバーサリー」、次は「春よ、来い」のつもりでしたが、季節が合わなくなっちゃったので、偶然聴いて弾きたくなった「虹の彼方に」にしました。その次は、入院中に聴き惚れていた「星に願いを」になります。

まあ、ユーミンの曲はシャープ多めだから、次の春までに「春よ、来い」マスターを目指しましょう。

古典は、やっぱり「枕草子」のおさらいからにしました。何より、受講していた当時のノートがあるので、安心だし懐かしい。

あとは、何か報告があったかなぁ。

そうだ「はじめに」のときは、70点だった私も、71点になりました。

この本が出る頃には、夫は73点かぁ……。

こればっかりは、いろいろがんばっても2点差は追いつきませんね（笑）。

紆余曲折《うよきょくせつ》ありつつ、モヤモヤさんにお当番札かけられつつ、ようやくこの本『年をとったおかげです』を世に出すことができたのは、ご自身も介護をされながら私のヘロヘロ期を支えてくれた、編集の猪俣久子さんのおかげです。

本当に、長年のおつきあいありがとうございます。

そして、昨年40代になり救急車にも同乗したりで公私ともに要《かなめ》になってくれている娘でデザイナー、詳子さんのおかげでもあります（最近は、何々ちゃんママといわず、「しょうこさん」とか「ゆきさん」と呼ぶらしいので真似してみました）。

若い方、いざ年をとったら、意外に幸せだからあまり心配せずに。

私たち世代の方、おせいさんや歌子さんのように、老いを陽気に楽しく満喫しましょう。

桜色の下から覗く緑がまぶしかった日に

中山《なかやま》庸子《ようこ》

著者略歴

エッセイスト・イラストレーター。1953年、群馬県に生まれる。女子美術大学、セツ・モードセミナーを卒業。群馬県立の女子高校の美術教師を務めた後、37歳で退職。長年の夢だったイラストレーターとしての活動を始める。42歳で、自身の夢をかなえてきた経験をつづった『「夢ノート」のつくりかた』を大和出版より上梓。以来、エッセイストとしても活躍を続けている。夢実現のヒントをはじめ、心地よい暮らしのための提案や時間の使い方が多くの女性の支持を集めている。

著書には、各年版『書き込み式新いいこと日記』（原書房）、『おとなの道草』『ありがとうノートのつくり方』『70歳からのおしゃれ生活』（以上、さくら舎）などがある。

年《とし》をとったおかげです
——70歳《さい》は70点《てん》！ 80歳《さい》は80点《てん》！

二〇二四年六月六日　第一刷発行

文＋イラスト　中山庸子《なかやまようこ》

発行者　古屋信吾

発行所　株式会社さくら舎　http://www.sakurasha.com

東京都千代田区富士見一-二-一一　〒一〇二-〇〇七一

電話　営業　〇三-五二一一-六五三三　ＦＡＸ　〇三-五二一一-六四八一

編集　〇三-五二一一-六四八〇

振替　〇〇一九〇-八-四〇二〇六〇

ブックデザイン　中山詳子

印刷・製本　中央精版印刷株式会社

ISBN978-4-86581-428-6